その悪霊、キスでお祓い致します！
イケメン社長は運命の恋人を逃さない

八巻にのは

Illustration
白崎小夜

gabriella books

その悪霊、キスでお祓い致します！
イケメン社長は運命の恋人を逃さない

contents

序章

真夏の風と共に、客引きの賑《にぎ》やかな声が妖しげな店内に滑り込む。

つたなさの残るこの日本語は、ウーさんの物だろう。明るく跳ねた声を聞くに、隣の土産《みやげ》物屋の客入りは上々らしい。

それに内心「良かったなぁ」と思いながら手元のタブレットＰＣから顔を上げると、大きな人影がセージ売り場に立ち止まったのが見えた。

今更のように扉が開いたのは客が来たからだと気づき「いらっしゃいませ」と声をこぼす。

しかし反応はなく、よく見れば客は西洋人と東洋人の二人組だった。観光客かも知れないと思い、久々に得意の英語で話しかけてみるが、なぜだか逆に警戒されてしまう。

二人は店の中を見て顔を引きつらせると、慌てた様子で店を出て行く。

その様子にため息をつきながらも、こうした反応は日常茶飯事なのですぐまた椅子に座り直す。

なにせ優衣《ゆい》がここの店番になって以来、冷やかしか勘違い以外の客がやってきたことはない。品物が売れたところも、一度も見たことがなかった。

横浜の中華街、その片隅に建つ祖母の店では、妖しげなお札《ふだ》や産地不明のお香、本物の天然石かどうかも怪しいパワーストーンなどを扱っている。

一見するとオカルトショップだが、その実態は占い屋だ。

優衣の祖母である小春《こはる》はテレビでも時折紹介される占い師で、日本各地からたくさんの客がやってくる。

なのに店に人がこないのは、肝心の小春が別の占い屋に出向していることが多いからだ。

以前は店の奥にある部屋で占いを行っていたが、そちらが使われることはもうほとんどない。

中華街には様々な占い屋があり、どの店も客を得ようと必死だ。そんな中、祖母を客寄せパンダにしたいと願う店主は多いのだ。パンダ扱いはどうかと優衣は思うが、小春は気にしていない。それどころか「店より気の流れが良いからありがたい」と喜んでいる。

それでもせっかく店をやっているならと、優衣は少しでも客を得ようとこれまで努力してきた。

おどろおどろしかった内装は、おしゃれなアジアン雑貨の店をまねてエスニックな内装へとかえた。

自身の服装もアジアンテイストに変え、謎のお香の中でも比較的香りが良い物を焚《た》き、お札や謎の頭蓋骨などはなるべく店の奥に隠した。

店の看板も可愛《かわい》くしたし、BGMだってアジアで売れている歌手のものにかえたりもしたのに、品々が醸《かも》し出す怪しさはどうしても消せず、夏休み最後の休日だというのに客足はさっぱりだった。

そして祖母は、優衣の頑張りを褒めつつも「いいのよこの店はこれで」と笑うばかりだ。

「失業したてなんだし、休み中のお手軽バイトって感覚でいなさいな」

店主にそんなことを言われてしまえば、尽くす手はもうない。

けれど何もしないのは、優衣の性に合わない。なにせ半年ほど前までは、大きな企業のＯＬとしてバリバリ働いていたのだ。

会社は海外の家具や雑貨の買い付けと卸売《おろし》りを行う商社だった。日本でも人気が出てきた有名ブランドの商品もいくつも扱っていて、優衣は営業部に配属されていた。

とはいえ内気な性格が災いし、成績はいつも最下位。見かねた部長の采配でこの一年はサポート業務に回されていた。

しかしこれが功を奏し、営業部ではそれなりに重宝されていたはずだった。優衣の日本人顔からは全く想像できないが、こう見えても亡くなった父はアメリカ人だったため英語が堪能なのだ。父の母国語をしっかり学びたいという理由で外語大学に入り、読み書きはもちろん喋《しゃべ》るのも得意なのである。

そのスキルを生かし、メールの翻訳や電話対応、来客時の通訳や書類の翻訳など任された仕事は多岐《たき》にわたった。前に出るのは苦手だが、誰かのサポートをするのは得意だと気づいたのはこのときである。

やりがいを覚え、周りの信頼も得ていたはずだった。

だが優衣には一つ、大きな欠点がある。

そしてその欠点が露見したのをきっかけに、得ていたはずの信頼は失墜《しっつい》し優衣は会社をクビになった。

その後小春の提案でこの店を任され、毎日不毛な日々を過ごしている。

（今日も、売り上げゼロは確定だなぁ）

落ち込みはするが、こうも毎日だとさすがに慣れてくる。

そして頑張りすぎてもろくな目に遭《あ》わないという教訓を、優衣は前の会社で学んでいた。

ならばもう諦めようと決めて、優衣はタブレットを開く。

起動したタブレットに表示されているのは決して上手《うま》いとは言えない漫画だ。

小さい頃から内気な優衣は一人でできる遊びが昔から好きだった。

それはこの年まで変わらず、今の趣味はゲームと二次創作である。最近は『ファンタジーゲート』というネットゲームにはまっており、そこに出てくるNPCをモチーフにした漫画を書いては投稿サイトにせっせと掲載していた。優衣が漫画の主役にするのは、NPCと言っても主要なキャラではなく、街にひっそりと立つ地味なキャラクターが多い。ファンタジーゲートはそうしたキャラにもしっかり設定がついていて、台詞《せりふ》なども状況によって変わるため皆魅力的だ。

日の当たらない人間にも個性が有り人生がある。裏方な人生を歩みがちだった優衣にとって、そんなことを感じさせてくれるゲームはある種の救いであり、失業のショックを和らげるクッションでもあった。

その気持ちを形にしようと、地味系キャラたちのささやかな日常を、ユーモアを交えた漫画にしている。

意外にもこれが受けていて、わざわざ感想やコメントをくれる人も増えている。

だから店番の間はずっとお絵かきに興じているが、いくら書いても絵が上達する兆《きざ》しはないのが悔しい。

(お話は浮かぶのに、絵がついて行かない……)

などと考えながら黙々と手を動かしていると、再び熱風が優衣の長い栗色《くりいろ》の髪を揺らした。

顔を上げると、新しい客が一人店へと入ってくる。

いらっしゃいませも言えないままポカンと固まったのは、客の姿があまりに場違いだったからだ。

なにせ入ってきた男はそうそうお目にかかれないレベルの顔面偏差値である。凜々しい顔立ちに、明らかに高級品だとわかる三つ揃《ぞろ》えのスーツ。立ち居振る舞いもやけに優雅に見える。

そして八月末とは言え外はかなり暑いはずなのに、スーツを着ていても汗一つかいていなかった。

どこまでも涼やかな顔で、妖しいお香が煙る店内を迷いのない足取りで歩いてくる。

男の存在だけですでに異常事態だが、優衣がぽかんとしていたのには更に別の理由もある。

(……なに、あの軍団……!?)

男が近づいてくるにつれ、なんとも異様な物が彼に身体に纏《まと》わり付いている事に気がついたのだ。

ビジネスマン風の装いにもかかわらず、男の足下には大量の犬が群がっていた。いや、犬だけでなく猫もいる。あと小ガモやリスのような物も見える。

あと頭の上には小鳥も飛んでいた。まるでアニメ映画のプリンセスのような有様に唖然《あぜん》としていると、男が優衣の前に立つ。

近くで見ると驚くほど顔が整っているが、目つきが鋭いせいかどこか冷たい印象を感じる。

「やはり、見えるのか」

低い美声にどきっとしながら、優衣は群がる小動物たちから慌てて目をそらす。

うっかり凝視していたが、店にまで大量の小動物を連れ込む人間など普通あり得ない。けれど優衣はそうしたあり得ない物を見てしまう体質だ。それは彼女一番の欠点であり、普段必死に隠しているものでもある。

「何か言うことはないのか、俺は客だぞ」

横柄な物言いに更に戸惑いながら、優衣は混乱の中で必死に言葉を探す。

「……い、いらっしゃいませ？」

ようやくこぼれた一言が、男は大層不満だったらしい。

高級そうな時計がはまる腕を組み、じろりと睨《にら》まれる。

イケメンの目力に優衣は本気でビビるが、彼の周りを飛ぶ小鳥のおかげで悲鳴を上げることは免《まぬが》れた。

怖いような、おかしいような、とにかく絵面が酷《ひど》い。

「……神代《かみしろ》小春という、女性を探している」

祖母の名が出て、優衣はようやく状況を理解した。

「えっと、占いをしに来たお客さんですか？」

「この状況がそう見えるか？」

「もしかしなくても、お祓《はら》いの方ですね」

男は静かに頷《うなず》き、肩に乗ったリスをつかんでレジの横に置く。そんなところに置かないで欲しいと思ったが、リスは男から離れるとすぅっと姿を消してしまう。

（やっぱりこれ、生きてる動物じゃない……）

消えたと思ったリスが男の頭の上にぽんっと現れるのを見て、優衣は確信する。

優衣が見てしまう『あり得ない物』とは、幽霊だ。

人や動物はもちろん、どちらとも判別できないほど歪《ゆが》んでしまった物も彼女の目には見える。

その力は母の実家『神代家』に代々受け継がれている物らしく、祖母はその力で祓い屋を営んでいた。

しかしそれは、遠い昔の話だ。

「すみません、祖母はもうお祓いはやっていないんです」

「引退したと言うことか?」

「ええ。年々力が弱まっているとかで、最近は占いの仕事しか受けません」

申し訳ない気持ちで言うと、男はそこでじっと優衣を見つめる。引き下がる様子のない顔にたじろいでいると、彼はそこでぐっと身を乗り出してきた。

「なら、君でいい」

「……へ?」

「君も神代家の女なんだろう。なら、俺の霊を払う義務があるはずだ」

「た、確かに私も神代ですけど、義務って……?」

「俺は君の『主《あるじ》』になるべき人間だ。だから君は、俺に従う義務がある」

男の言っていることはむちゃくちゃなのに、そこで突然優衣の身体からふっと力が抜けた。

「さあ、この纏わり付いている奴《やつ》らを祓え」

男の命令に従うように、椅子を倒す勢いで優衣は立ち上がる。

(なっ、なんなのこれ⁉)

勝手に動き出した身体は、レジカウンターに乗り上げ男へと近づいた。

そのままカウンターに膝をつけば、長身の男と視線が合う。

近づいた距離に男が僅《わず》かにためらう気配がする。けれど彼が身を引くより早く、優衣は形の良い顎《あご》をぐっとつかんでいた。

自分の方へと向かせた顔に、優衣はそっと唇を寄せる。

自然と目が閉じたせいで何が起きているかはわからなかったが、柔らかな感触はきっと男の唇だ。

確実に今自分は男の唇を奪っている。それも顎クイからの、強引なキスである。

「……ん⁉」

男の戸惑う声で、ようやくはっと我にかえる。

慌てて目を開け、弾《はじ》かれたように身体を引けばそこには凛々しい相貌を崩《くず》した男の顔が合った。

「……き、君は痴女《ちじょ》か⁉」

「痴女は酷い！」

思わず叫びつつ、優衣は唇を押さえながらうなだれる。

「……ふぁ、ファーストキスだったのに」

神代優衣、二十五歳。

突然謎の力によって初キスを喪失。

その痛手と引き換えに男の周りから動物たちが消えていると気づくのは、それから三分後の事であった。

第一章

優衣は、生まれた時から「死」に片足を突っ込んでいた。

物心ついた頃から幽霊が見え、そのせいで周りからは気味悪がられた結果、友人の半分は死者という有様である。ちなみに大学で出会ったオタク友達も実は幽霊だ。

そんな体質故《ゆえ》、悪霊《あくりょう》と呼ばれる邪悪な霊に取り憑《と》かれ、優衣自身が死にかけたことも一度や二度ではない。

それでもなんとか二十五まで生きてこられたのは、亡き両親に代わって育ててくれた小春が除霊《じょれい》に長《た》けていたおかげだろう。小春は祓い屋として優秀で、優衣が悪霊に取り憑かれるたび祓ってくれたのだ。

一方優衣は、小春のような力はなかった。幽霊に好かれ、集めるだけ集めてあとは何もできないという霊感女子にはあるまじきポンコツッぷりである。

ネットでよく見る寺生まれの誰かのように「はあああああ！」っと気合いを入れてみても、余計に幽霊を集めるだけという有様だ。

だから小春がこさえてくれた霊が嫌う呪符《じゅふ》や数珠《じゅず》、お香やパワーストーンなどをいくつも身につけることで普段は取り憑かれないように備えている。

おかげで生きている人間には始終気味悪がられた。あげく、それが原因で会社をクビにされたのは三ヶ月ほど前のことだ。

会社の机に隠していた除霊アイテムが露見し、副業で妖しい商品を売っているのではと疑われたのがそもそもの始まりだった。

そんな矢先、彼女は会社の上司がかなりたちの悪い幽霊に取り憑かれているのを見てしまったのだ。

悪霊のせいで体調まで崩し、今にも倒れそうな上司を見捨てられず、優衣は彼の机にこっそりお札を貼り、パワーストーンを隠した。もちろん普通に渡したかったが、どんなに説明しても受け取ってもらえず、そうしている間に上司の体調が悪化してしまったので、そうするほかなかったのだ。

祖母のアイテムは効果抜群で、悪霊は逃げだし上司はめきめきと回復した。

だがそこで、あのお札がばれた。

そのうえ上司はそこそこのイケメンで、女子人気が高かったのが運の尽きだ。上司に気があると勝手に思われ、振られた腹いせに嫌がらせをしたに違いないと周りの女子たちに責められたのである。

悪霊がと言ってももちろん信じてもらえず、余計に変人扱いされた。助けた上司からも気味悪がられ「そういえば前から変な目で見てた」などと証言までされてしまったのだ。

見てたのはあんたじゃなくてついていた悪霊だよ！　と言いたかったが、内気な優衣には無理だった。

おかげで二年かけて築きあげた信頼と実績は水の泡である。

事態は悪化の一途《いちず》をたどり、最終的に逆セクハラをしたと言う名目で退社を迫られ、入社二年目であえなくクビである。

その後祖母から「ならうちでアルバイトをすればいい」と言われ、妖しいオカルトショップの店員にジョブチェンジしたのだ。

祖母が近くにいるおかげで幽霊に困らされることはなかったが、果たして自分の人生はこのままでいいのだろうかと優衣は日々悩んでいた。

だが下手《へた》なところに就職して前回の二の舞は嫌だなと思っていたのに、結局優衣はまたセクハラで訴えられそうな状況に陥っている。


(気まずい。とにかく、気まずい……)

クローズの札を下げた店の中、産地不明の怪しいお茶を入れ、優衣は男の前にそれを出す。

「ひどい臭いだが、何茶だ」

「……わかりませんが、味は美味《おい》しいです」

「わからないお茶を客に出すのかここは」

「この店、正体不明のお茶しかなくて……」

でも多分身体に良いと言ったが、男はお茶に手をつけなかった。

「……で、さっきのはなんだ?」

鋭く睨まれるが、優衣は答えられない。

「あれが、君の除霊方法なのか」

「いや、あの……」

「霊が消えたのはありがたいが、他に方法はなかったのか」

言葉に困りながら、優衣は男の姿を改めて見る。

(確かに、幽霊は消えてる……)

あれほど纏わり付いていた幽霊が、影も形も見えない。

成仏《じょうぶつ》したのか追い払っただけなのかはわからないが、男の纏う雰囲気も大分軽くなっている気がする。

「正直、自分でも戸惑っていて」

「……除霊は、あまりしないのか?」

「実は今まで一回もしたことがなかったんです」

自分も男のように霊を引きつけるばかりで除霊はできなかったことを、優衣は素直に白状する。

「それにさっき、あの……あなたに……」

「……一馬《かずま》だ。如月《きさらぎ》一馬」

キスまでした間柄なのに、名前さえ知らなかったことに気づく。それに落ち込んでいると、続きを話せと言うようにきつく睨まれた。

「除霊は無理だって言おうとしたのに、如月さんに命令されたら身体が勝手に動いて、その……」

「キスしたのか?」

「しました」

「初めてだったのに？」

「そこ、ほじくり返さないでください」

「こだわっていたのは君だろ。それにまあ、君の言うことが本当なら多少は悪かったと思っている」

言いつつ、一馬に悪びれている雰囲気はない。それどころか、彼はなぜか嬉《うれ》しげだった。

「……しかし、あの話は本当だったのか。これは使えるな……」

そしてなんとなく、悪い顔になっている気がする。不穏なことを考えているに違いないとわかったが、優衣は指摘できない。

上司の一件で散々ひどい目に遭ったせいで、顔がいい男に強い苦手意識があるのだ。そもそも幽霊が見えるせいで散々気味悪がられてきた優衣は、生きた人間全般が苦手だ。

若干コミュ障《しょう》気味だったが、前の職場での出来事がトラウマになり最近ではより悪化している。

ネトゲなどは好きなのでチャットなら意思表示ができるが、対面になるとどうも上手《うま》くいかない。

故に就職活動も失敗続きなのに、こんなイケメンに物申せるわけがない。

「そういえば、君の名前は？」

自分も名乗っていなかったなと思いつつ、小声で名前を口にする。

「字は？」

「知る必要あります……？」

答えは無く、鋭い視線で「言え」と脅迫される。

「優しい衣で優衣です」

「なるほど、優衣か」

名前を口にされた瞬間、なぜだかぞわっと肌が粟立《あわだ》つ。同時に一馬との間に、何か不思議なつながりができたような感覚を覚えた。

先ほど身体が勝手に動いた時もそうだが、一馬の言葉に心と体が引き寄せられる感覚がある。それを不思議に思っていると、不意に店の扉が開いた。

鍵を閉め忘れたと気づいて慌てて顔を上げると、熱風と共に飛び込んできたのは祖母の小春だった。

「あらあら、ちょっと遅かったわねぇ」

急いで入ってきたわりには、どこかのほほんとした言い方である。

この店の雰囲気から妖しげな占い師を想像する者も多いが、小春は七十とは思えないほど若々しく、可愛らしい顔立ちの女性だ。その魅力で前オーナーを籠絡し、この店をただ同然で譲り受けたという逸話もある。

それ故、店と本人の雰囲気がちぐはぐだが、霊能力は他の追随を許さない。

ぱっと見は虫も殺せないお金持ちのおばあさまという雰囲気でありながら、容赦なく霊を祓う力を持っているのだ。

「……あなたが、小春さんだろうか」

一馬の言葉に小春が頷く。何か懐《なつ》かしい物でも見るような顔で、彼女はいそいそと近づいてきた。

「和彦《かずひこ》さん……おじいさまにそっくりね」

「ではやはり、あなたが祖父の『守人《もりびと》』を？」

「ええ。かつて、そう呼ばれていたこともあるわ」

どう見ても初対面なのに、二人の間では普通に会話が成立している。

（それに『守人』ってなんだろう？）

そんな疑問を抱えながら様子をうかがっていると、小春が優衣に目を向ける。

「前に優衣ちゃんにも話したわよね。昔はある人の専属をしていたって」

「うん、聞いたことあるかも……」

今はフリーで仕事をしているが、小春の霊能力の高さを生かし、以前は悪霊の取り憑かれやすい資産家の元で護衛まがいの事をしていたらしい。

たしか、優衣の母が生まれるより前の話だ。

「あのときは専属と言う言葉を使ったけど、実は少し事情が違うのよ」

そこで言葉を切ると、小春が不意に優衣の手首をそっとつかんだ。そのまま着ていたロングガウンの袖《そで》をまくられたところで、「えっ？」と思わず声が出る。

見れば、手首には見覚えのない組紐《くみひも》が巻き付いていたのだ。赤と黒が組み合った紐は、固く結ばれている。

「な、なにこれ……」

驚いていると、そこで一馬がはっとした顔でスーツの袖をまくる。見れば彼の方にも同様の組紐が結ばれていた。

「主と守人を繋ぐ印よ。名前と紐が、二人を繋ぎ縛るの」

「えっ、繋ぐ？　縛る？　全然意味がわからないんだけど？」

優衣は戸惑うばかりだが、不気味な紐が現れたというのに一馬の方は取り乱す様子がない、それどころか、むしろ嬉しそうに手首をぎゅっと握っている。

そんな二人の様子を見比べながら、小春が困ったように笑った。

「実はね、神代家は代々一馬さんの家を守護する立場なのよ。うちの家系が見えるのは、『守人』として主を守るためなの」

小春の説明は、漫画やゲームの設定を思わせるものだった。幽霊が見える優衣は昔からオカルト的な話に抵抗がないけれど、それでもすぐには呑《の》み込めない。

しかし一馬の方は、小春の話を普通に理解している。それどころか何かを期待するように優衣をじっと見つめた。

「昔から、俺も俺の家族も幽霊が見えるんだ。しかし祓う力はなく、中には取り憑かれて死んでしまう者もいた。そのため神代の家に守ってもらっていたという伝承が残っている」

「伝承っていうくらいだから、もしかしてかなり古くからの関係……なんですか？」

「そうだ。守人は数多くいて、小春さんが十三代目らしい」

関係の始まりはわからないが、少なくとも明治時代からは続いているという一馬に優衣は驚いた。

「でも私が大きな失敗をしてしまってね。守人の役目を退《ひ》くことになって、以来関係が絶たれていたの」

そう言う小春の手首には組紐はない。代わりに黒いアザのようなものが、彼女の手首には残っている。

「それが一馬さんのおじいさま、和彦さんが若かった頃の話。それから私は守人として力を使って、除霊や占いなんかで食い繋いできたってわけ」

そんな時に小春は結婚し、優衣の母を産んだのだと告げられる。

祖母が若い頃に苦労したと言う話は母から聞いていたが、まさかそのような事情があるとは知らなかった。

「でも、それならなんで突然如月さんが……」

「もちろん『守人』を求めて来た。祖父はもういらないと言ったようだが、俺には必要なんだ」

まっすぐに目を見つめられたまま、はっきり言われるとなんだか落ち着かない気分になる。

先ほど纏わり付いていた動物の数を思うと、彼が霊を祓う力を求めるのはわかる。けれど問題は、彼の言う『守人』が自分である点だ。

「おばあちゃんならともかく、私じゃ力不足だと思います。幽霊を祓う力もないし」

「だがさっき、やってのけただろう」

「あ、あれが初めてなんです！　今までは自分の身も守れなくて、おばあちゃんに助けてもらっていたし」

真意を探るように一馬が小春に向けられる。困ったような笑顔を浮かべる彼女を見て、優衣の言葉が本当だと彼は察したらしい。

「……クーリングオフはあるか？」

「いきなり契約解除を持ち出されると、それはそれで複雑なんですけど」

「そもそも、俺は小春さんに除霊を頼むつもりできたんだ。君に力があるなら良いかと思ったが、不安が多いなら変更をお願いしたい」

「残念だけど、守人の契約は一度したら変更はきかないのよ。それに契約は一生に一度だけ、切れたら繋ぎ直せないの。私は和彦さんと結んでしまったから、どのみちあなたとは無理よ」

小春の説明に、一馬は不本意そうな顔をする。

「……つまり、俺には彼女だけか？」

「そう、仲良くしてあげてね」

「仲良くっておばあちゃん……！」

「どうせ仕事もクビになったことだしやってみれば良いじゃない。除霊、一応できたんでしょ？」

「できたと言えばできたけど……」

そこで、先ほどのキスが頭をよぎり優衣は唇を押さえる。

（っていうか、あれが除霊……？　あんなのが？）

小春は自分の霊力を込めたお札などの道具を使うし、祖母の知人にはお経を唱えたりするものもいる。

なのになんで自分はキスなのだろうと悩んでいると、一馬がどこか不満げな顔をする。

「俺とのキスが、そんなにいやだったのか？」

「い、嫌とかじゃ……」

「ならなぜ、そんな複雑そうな顔をしている」

「だってキスですよ！　唇ですよ！」

「それがなんだ」

言い切る当たり、多分この男は他人に唇を捧《ささ》げることになれているのだろう。

「……これだからモテる男は」

思わず恨みがましい言葉が漏れると、一馬の視線に鋭さが増す。

「それをいうなら、君は貞操観念が固すぎないか？　その年でキスもまだなのはどうかと思う」

普段の優衣ならこういうとき、臆して何も言えなくなる。

だが腹が立ちすぎたせいか、一馬に対しては自然と反論が口からこぼれた。

「す、好きで唇守ってきたわけじゃないですよ。私だって、できることなら素敵な恋人が欲しかったですよ」

「じゃあ合コンでもセッティングしてやる。だからひとまず、その唇を俺に貸せ」

「恋人でもない相手と、キスするなんて嫌です！」

「我《わ》が儘《まま》だな」

「どこがですか！　普通でしょう！」

赤の他人とキスなんて絶対に嫌だと思っている頭を抱えていると、一馬がそこで腕を組む。

それからしばし悩んだ後、彼は更に恐ろしい提案をしてきた。

「なら、俺と恋人になればいい」

「……へ？」

「恋人になってやる。だから必要な時に唇を貸せ」

「……え、冗談きつすぎでは？」

うっかり本音をこぼすと、一馬の機嫌があからさまに悪くなる。

「君が素敵な恋人が欲しいと言ったんだろう」

「素敵な……です」

「だから俺だ。言っておくが、金はあるぞ」

「素敵な恋人は、金をちらつかせて迫ったりしないと思います」

優衣はあきれ果てるが、一馬は欠片《かけら》も揺るがない。

「あと、顔も良いとよく言われる。そのせいで、いつも俺を巡って女たちが争う」

「……冗談ですよね？」

返事はなく、凛々しい顔がじっと優衣を見つめる。

「まあ、確かにこの顔ならモテモテなのもうなずけますけど……」

「あと望むなら、ちゃんと尽くしてやるぞ」

「尽くし系には、全然見えません」

むしろこの俺様な態度で逆にこき使われる気配しかない。

（この人、絶対人として駄目な感じだ。顔も良いしお金はあるけど、何かすごく駄目な感じだ）

「今何か失礼なこと考えただろ」

「え、エスパーですか？」

「顔見ればわかる」

察しの良さはあるようだが、それならば絶対に御免被《ごめんこうむ》りたいという本音にも気づいて欲しい。だがそこは華麗に無視し、あろうことか一馬は小春に頭を下げた。

「ということで、お孫さんとの交際を許して頂きたい」

「まず私に、許可を取ってくださいよ！」

思わず叫んだが、一馬は頭を上げない。そして小春は、やたらとニコニコしている。

「いいじゃないの。初めての彼氏が素敵な男性で」

「会ってすぐ、とんでもない提案してくる相手だよ⁉」

「でもほら、普段は内気な優衣ちゃんが言いたいこと言えるってだけで、相性バッチリに見えるから」

確かに優衣は自分の考えを口に出すのが得意ではない。特に男性相手にも萎縮《いしゅく》してしまう事ばかりだった。

それを思うと一馬を特別視する小春の考えもわからなくはないが、優衣は納得できない。

「それは、あまりにおかしな展開すぎて、緊張や戸惑いを覚える暇がなかったというか……」

「それでも言いたいことを言えるなんて貴重よ。それに組紐が現れたって事も相性の良さの表れよ」

「紐を見ただけで、そんなことまでわかるの？」

「紐の太さは相性の良さを表しているの。私と和彦さんも仲は良かったけれど、ここまで太くなかったわ」

またあまりに相性が悪い場合、紐が現れない事さえあったらしい。

「だから優衣のこと、よろしくお願いします」

「お任せください」

小春の言葉に、一馬はにっこり笑う。その笑みは思わず息を呑むほど素敵で、優衣は思わず顔を逸《そ》らす。

（いや、こんな顔が良い人が初彼とか……無理……）

この顔とキスすると思うとときめきより憂鬱《ゆううつ》になる。

「っていうか、そもそもキスで除霊なのがおかしいでしょう。なんか他に、やりようはないの!?」

キス以外の方法なら何でもするし、唇を許さなくて良いなら恋人になる必要もないのだ。

それに気づいて祖母に縋《すが》るが、小春は困った顔で笑うばかりだった。

「たぶん優衣ちゃんは、霊力を外に出せないのね。神代家の女性にはみな、幽霊を祓い場を清める霊力を持っているんだけど、人によって力に差があったり、上手く外に出せないひとも稀《まれ》にいるの」

「じゃあ、その霊力の出し方を覚えれば……」

「覚えられれば、今の今まで私が除霊なんてしてないでしょう？」

もっともな言葉に、優衣は落ち込む。

「私が使ってる除霊の道具をつかうのは？　おばあちゃんが使ってくれたお札とか、守り石とか……」

「効果はあると思うけど、キスの方が早いわよ？」

「おばあちゃん、なんでそんなにキスさせたがるのよ……」

「そもそもね、出せない霊力が身体にたまりすぎているせいで優衣ちゃんは霊に取り憑かれやすいの」

霊力というのは水のように流れ、内から外へと出ていくものらしい。そして身体から出る際、自分と周囲の場を清める力を発するのだという。

だがその流れが途絶えると、霊力はよどみそれが幽霊を引き寄せるのだそうだ。

「キスによって霊力が外に流れれば、よどんでいた力も浄化されるはず。だから一馬さんに霊力を分けることで、幽霊も寄ってこなくなるはずよ」

「そ、それ本当⁉」

「ええ。幽霊に取り憑かれなければ私の負担も軽くなるし、いいことずくめでしょう？」

小春の言葉が本当なら喜ばしい事だが、それでも彼女の言い方に少々引っかかりを覚える。

「……おばあちゃん、自分が楽するために唇を許せって言ってない？」

「だって優衣ちゃん、悪霊に取り憑かれすぎるんだもの。それに、私だっていつまでも面倒見てあげられないし、吐き出せる相手がいるなら絶対その方が良いわ」

一応優衣のためを思ってくれているようだが、「面倒事を片付けたい」という態度が前面に出ているためなんとなく釈然としない。

（でも、幽霊に取り憑かれなくなるなら……悪くはないのかな……）

霊のせいで普通の日常生活を送れないことは、優衣にとって一番つらいことだ。

そしてそれが解消できるならと、ここにきて心が揺れ始める。

同時に、優衣はふと一馬と自分に共通点があると気づく。

（……もしかして、この人がなりふり構わないのも私と同じ境遇だからなのかな）

自分と同じように幽霊に日々苦心させられているのだとしたら、「恋人になる」なんて馬鹿げた提案をしてきた事にも納得がいく。優衣には小春がいたが、多分彼には手を差し伸べてくれる相手がいなかったのだ。

そんなときに『守人』の話を聞いたとしたら、何としてでも得たいと思う気持ちはわからなくはない。

優衣の心が揺れ始めたのを察したのか、小春が彼女の肩を優しく叩《たた》く。

「とにかく、やってみたらどうかしら？　ここで店番する毎日にも、飽きてきた頃でしょう」

「でも、そんなお試しみたいなこと……」

「俺は、お試しでも構わない」

ためらう優衣に、一馬がぐっと距離を詰めてくる。

「まず試してみよう。それで駄目なら、諦める」

「ほ、本当ですか？」

「一度始めれば、君は絶対俺の恋人兼守人を続けたくなるはずだ」

その自信はどこから来るのだろうと呆《あき》れつつも、俺様な態度を覆《くつがえ》せるわけもない。

不安を抱えつつ、今少しだけこのおかしな状況を受け入れてみようと、優衣は諦めたのだった。

第二章

恋人とのお付き合いというのは、ささやかなデートから始まるものだと優衣は思っていた。

「とりあえず、奥が君の部屋だ。必要な物は用意したが、足りない物があれば言え」

なのにお試しとして恋人になった翌日、優衣は高層マンションの一室でそんな説明を受けていた。

「あとこれが君専用のクレジットカードだ。限度額はないから、好きに使えば良い」

「……あ、あの……」

「俺の帰りは日によって違うが、繁忙期《はんぼうき》でなければ大体八時くらいだ。外で食べることも多いので君の食事は好きにすると言い。呼べば来るシェフの番号はこれだ」

「ま、待ってください‼」

声を振り絞れば、一馬は驚いた顔で固まる。でも驚きたいのは、こちらのほうである。

「なんですか、これは」

「これ？　だからシェフの……」

「いえ、この状況です！　なんで私がここに住むみたいな流れになってるんですか？　っていうかなに、このハイソなマンション⁉　シェフってなに⁉」

頭の中に浮かんだ疑問を矢継ぎ早にぶちまけると、一馬はようやく優衣の戸惑いに気づいたらしい。

「俺は朝も晩も君にキスして欲しい。だから一緒に暮らして欲しい」

「あ、朝も……晩も……⁉」

「驚くことじゃないだろう。見ろ、あれを」

そう言って、一馬が指さしたのはリビングの角だ。高級感溢《あふ》れる内装に戸惑うあまり見落としていたが、おかしなものがそこにはいる。

「……なまけものって、ペットにできるんですか？」

「そんなわけないだろう。あれはもう死んでる」

「なまけものの幽霊とか、初めて見ました」

観葉植物にくっついているなまけものを見て、優衣は驚きを通り越して少し感動した。

「ああやってすぐ部屋に入り込むんだ。塩をまけば少しの間は消えるが、またすぐやってくる」

確かによく見ると、フローリングの一部がやけに白い。埃《ほこり》かと思ったが、あれは多分塩だろう。

「塩だと掃除も手間だし、キスで片付けたい」

「いやでも、一馬さんについてるならともかく部屋にいるやつまで払えるかどうかは……」

「やってみなければわからないだろう」

言うなりぐっと腰を抱き寄せられ、優衣は固まる。その隙を突くように唇を重ねられると、暖かな空気がその場に満ちた。

驚きつつ横目でなまけものを見ると、なんとも穏やかな顔でふわぁっと姿が消える。

（この暖かい空気、おばあちゃんが幽霊を成仏させた時と同じだ……）

キスをしただけなのにと驚いていると、一馬が静かに唇を離す。

「朝と晩だ、わかったな？」

勝ち誇ったような顔に、優衣はもう何も言えない。

そのまま部屋を案内され、最低限ではあるが自分用の日用品まで用意されていることを知って唖然とした後、彼女はソファにぐったりと腰を下ろした。

一馬は仕事があると言って書斎らしき場所にこもっている。広いリビングに一人きりで残されると、なんだか夢でも見ているような気分だ。

（いっそ、夢なら良かったのに……）

お試しで恋人兼守人になると決めてから、まだ一日も経《た》っていない。なのにいきなり同棲《どうせい》である。

小春もなんだかんだノリノリで、知らないうちに用意されてきた荷物を手渡し笑顔で送り出してきた。

『優衣ちゃんの部屋、私のコレクションルームにさせてもらうわね』

などと言いながらハワイのトーテムポールを抱えていた所を見ると、優衣が逃げ帰ってくる可能性をみじんも考えていないらしい。

今頃、優衣の部屋は祖母が収集している、トーテムポールや仏像と言った世界の偶像コレクションに侵食されていることだろう。

帰りたいけど、あの不気味なコレクションの中で寝るのは嫌だとぐったりしていると、一馬が書斎から出てくる。

先ほどとは違い見るからに仕立ての良いテーラードジャケットを身につけている。

「すまない、急な仕事で出てくる。好きに過ごしてくれ」

好きにと言われても困るが、急いでいる様子なので黙って頷く。

「あとこれ、俺の連絡先だ。何かあったらいつでも電話してくれ」

「如月さんの……」

「一馬だ」

突然言い直しを要求され、手渡された名刺を取り損なう。

「恋人なんだから、そう呼べ」

「でもあの、いきなり名前は……」

「一馬だ」

これはもう、呼ばないと解放してもらえない雰囲気である。

「か、一馬さん……」

「それでいい」

そして、彼は優衣に名刺を握らせる。

渋々それを受け取りながら、そういえば彼の職業さえ知らないことに今更気づく。

「では、行ってくる」

「はい、いってらっ――」

自然と送り出す言葉をかけようとしたが、ふと見た名刺に書かれた役職を見て声が詰まる。

「ん？　どうした？」

「だ……代表取締役……!?」

それだけでも驚くことだが、書かれていたのは優衣もよく知る有名なゲーム会社のものだ。

「え、これ……」

「ああ、うちの会社だ。ゼディアゲームズというんだが、知っているのか？」

知っているも何も、世界的に有名な企業である。

ゼディアゲームズは大手出版社『芦屋出版《あしや》』のグループ会社で、元々はアニメやコミックなどの原作を持つ、いわゆるキャラクターゲームを主に作る会社だった。

だがそのクオリティの高さからオリジナルの作品を手がけるようになり、それが大ヒット。

その後グループから独立し、最近は自社ゲームの開発と平行して、日本だけでなくアメリカやアジア、ヨーロッパなどの小規模スタジオを次々買収し、インディーズゲームの開発や出資にも力を入れている。

そうした大小様々なゲームを開発する一方、昨今ではプレイヤー数が千五百万人にものぼるネットゲーム『ファンタジーゲート』の運営としても有名だ。

そう、優衣が二次創作をするほどはまっているあのゲームである。

「え……、ファンタジーゲート、やってます……」

混乱のあまりとんちんかんな主張がこぼれると、程なくして「ご利用ありがとうございます」という気のない返事をされる。

「……その顔、プレイヤーなのに俺が社長だと知らなかったのか」

「だって、ディレクターさんの顔しか見たことなくて」

「そもそも、恋人になるなら相手の素性《すじょう》くらい普通調べるだろう」

「調べるって、どうやって？」

「フェイスブックとか色々あるだろう」

「リア充向けSNSって苦手で……」

「確かに、そんな感じだな」

納得されると、それはそれで悲しい。

「あ、引きとめてすみません。とりあえず、あの、いってらっしゃい」

なんとか送り出す言葉を口にすると、玄関の扉に手をかけていた一馬が振り返る。

そのままじっと見つめられ、優衣は僅かに戸惑った。

「言葉だけか？」

「へ？」

「送り出すなら、キスくらいしても良いだろう」

一体何を言い出すのかと慌てている優衣に、一馬が腕を伸ばす。

「さ、さっきので朝の分は済んだのでは⁉」

「恋人なら、いってらっしゃいのキスは普通だ」

「初日からハードルが高すぎます！」

「なら、低めの所にすればいい」

言うなり、一馬の唇が優衣の額《ひたい》に押し当てられる。

「ぜ、全然低くないです」

「唇よりはマシだろう」

そこでふっと笑い、一馬は「いってくる」と囁《ささや》いてから出て行った。

（……恋人と暮らすって、こんなに心臓に悪いものなの……⁉）

へなへなとその場に頽《くずお》れながら、優衣は一日目にして音を上げそうだった。

◇◇◇　　◇◇◇

如月一馬。ゼディアゲームズ代表取締役社長。

そんな肩書きと共に並んだ写真をスマホで見ながら、優衣はげんなりしていた。

昼間の衝撃からようやくたちなおったのは夕刻のこと。そろそろ夕飯の支度をせねばと買い出しに行き、得意のシチューを煮込みながら、彼女はゲーム会社のサイトを見ていた。

その後彼の名前を調べてみれば、有名経済誌の記事やウィキペディアなども出てくる。

（ウィキに名前が載ってる人、リアルで初めてみたかも……）

なんてことを考えながらシチューを煮込み、スーパーで買った惣菜《そうざい》のコロッケを袋から出す。

料理を作るのは得意だし好きな優衣だが、手間のかかる揚げ物などは惣菜で代用することも多い。

それを人に言ったら「女子力（笑）」と馬鹿にされたこともあるが、手間暇を金で解決できてなおかつ美味しいなら問題なかろうと優衣は思っている。

（一応一馬さんの分も買ってきたけど、そういえば夕飯どうするんだろう）

というか、そもそもあの男はスーパーのコロッケなんて食べるのだろうかと今更気になってくる。

ハイソなマンションの周りには高級スーパーなどもあったが、優衣が足を運んだのは少し離れた場所にある激安を売りにしている店だ。

一馬はそんな店の惣菜を食べるタイプには見えない。何せタワマンの高層階に住み、代表取締役を務める男である。絶対に高給取りだろうし、小春の話では彼の実家は江戸時代から続く資産家だという。

（もしかして、あのひと御曹司とかそういう……）

だとしたら、どこまでも二次元だなとなんだかげんなりしてくる。

シチューはともかくコロッケは全部自分で食べてしまったほうがいいかもしれない。そんなことを思いつつ、優衣はコロッケを暖めようと電子レンジに手をかける。

しかしその手が、不意に止まった。

ぞわり――と悪寒を感じたのは、そのときだ。

得体の知れない何かが、自分を見ている。それが人でないのは明らかだ。昼間見たナマケモノのような無害なものとも思えない。

『……ゆる……サない……』

不気味な声まで聞こえだし、優衣は慌てて普段持ち歩いている小春お手製のお札を握りしめる。

途端に気配は消えたが、全身から汗が噴き出しその場にぐったりとしゃがみ込む。

(今の……何……?)

向けられていたのは、確かに殺気だった。姿は見ていないが、声の感じでは女性のようだ。

あれもまた一馬についていた霊だろうかと思ったが、あれほど存在感のある霊なら一馬に会った時にもっと嫌な気配がしているはずだ。

通りすがりの浮遊霊にしてはやっかいすぎると思いながら呼吸を整えていると、玄関が開く音がする。

ただいまと聞こえてきた声は一馬のもので、慌てて立ち上がろうとするが上手く足に力が入らない。そうこうしているうちにやってきた一馬は、キッチンでへたり込んでいる優衣に気がついた。

「どうし――」

「どうしたんですか、その動物たちは……!?」

かけられた言葉を遮《さえぎ》る勢いで驚いてしまったのは、一馬に纏わり付く動物霊の数である。

初対面の時よりも数が増え、中には個々が混じり合い黒く靄《もや》になっているものもいる。

「呼び出された会議スペースに、群れがいてうっかり……」

「群れとか、いるんですね」

「いや、それより君こそどうした？　酷い顔色だぞ」

「これはあの、たちの悪い幽霊がさっきそこに」

「そこに⁉」

あまり取り乱すことがない一馬らしくない反応を怪訝《けげん》に思いつつ、彼の手を借りてなんとか立ち上がる。

「まさか、襲われたのか？」

「いえ、すぐ消えちゃいました」

へたっていたのもびっくりしただけだと説明していると、ようやく汗も引き気分も楽になってきた。

「あの、もしかしてここ事故物件だったりします？」

「霊感があるのに、そんな場所に住むわけがないだろう。ここはまだ新築だ」

「じゃあ一馬さんについてる……とか？」

「そ、そんなわけはない。動物の霊はよく見るが、人間の霊に纏わり付かれたことはない」

「じゃあ通りすがりかな」

「まさか、世に言う霊道《れいどう》的な物があったりするのか？」

「いや、そういう物はなさそうです。鬼門《きもん》が近くにある感じもしないですし」

だからこそ、あの幽霊はどこから来たのかと不思議になる。一馬に取り憑いているなら、もっと頻繁に出てくるだろうし、彼も目撃しているはずだ。

「まあ、通りすがりなら大丈夫か」

先ほどは怖かったが、通りすがりの幽霊ならそう何度も会うことはない。それよりも今は火にかけっぱなしのシチューが気になって、優衣はコンロに手を伸ばす。

だが火を消したその手を、突然一馬がぎゅっとつかんだ。

「優衣」

「……な、なぜ名前を⁉」

そしてなぜとても真剣な顔をしているのかと戸惑う。

腕をつかまれたままなのが落ち着かなくて、それとなく外そうと試みるが上手くいかない。

それどころか彼はぐっと距離を近づけてくる。瞳は僅かに潤《うる》み、それがなんとも言えない色気を醸し出していた。

（い、イケメンのアップ……無理……！）

慌てるが、縮まった距離は一向に離れる気配がない。

それどころか彼は突然、縋るように抱きついてきた。

「今から、ホテルに行こう」

「いや、いきなりセックスは敷居が高すぎます‼」

思わず叫ぶと、一馬の身体が不自然に固まる。

「昨日初キス迎えたばかりの女ですよ。無理ですよ！　絶対無理ですよ！　一馬さんはワンナイトラブになれてて気軽にセックスできるのかも知れませんが、私は絶対に――」

「落ち着け」

言葉の途中だったのに、頬《ほお》を両手でぎゅっと挟まれる。

恐る恐る仰《あお》ぎ見た一馬の顔には呆れが浮かび、先ほどの妙な色気はみじんもない。

（と言うかあれ、色気……だった？）

今更のように思い出すと、優衣に欲情していると言うよりは何かに怯《おび》えている様子だった気もする。

今も彼にしては妙にそわそわしているし、顔色も悪い。そのきっかけが幽霊の話だったと気づいて、ようやく自分が壮絶な勘違いをしていると察した。

「も、もしかして一馬さん……今滅茶苦茶ビビってます？」

「妙な勘違いをしてビビっていた君に言われたくない……」

拗《す》ねた顔で反論してくる所を見ると、図星のようだ。無駄に動揺しているようだし、もしかしたら名前を呼ばれたのも慌てていたからかもしれない。

「動物霊には全く動じないから、幽霊全般が平気なのかと」

「平気なわけがないだろう。今だって、君と無茶苦茶キスしたい」

さっき間違えたばかりなのに、そう言って見つめられると変な勘違いを起こしそうになる。

「消してくれ、今すぐこれを」

「でも、こんな数の除霊なんて絶対に――」

できないという言葉は荒々しいキスによって塞がれる。

頭を手で抱えられ、わずかに開いた唇から舌を差し入れられると優衣の頭が真っ白になる。

危うく倒れそうになった身体は一馬が支えてくれたが、そのせいで二人の距離がより近くなる。

密着する身体はじわりと熱を持ち、戸惑う手が無意識に一馬のシャツに縋りついた。

そのあたりでようやく我に返ったが、深まるキスにただただ翻弄される。

「……ん、……ッあ、ン……」

口づけの角度を変えられるたび、必死になって呼吸をするが、そのたびにこぼれる吐息は妙に甘い。

「ま……って……、一馬…さん……」

拒絶の声も、自分のものとは思えぬほど甘ったるい。

名を呼んだことでようやく唇は離れたが、優衣を見つめる一馬の顔も、いつもとはまるで違った。

「待たない」

自分を見つめる眼差《まなざ》しには不穏な輝きが宿り、唾液で濡《ぬ》れた唇を舌で嘗《な》めとる仕草はあまりに艶《つや》っぽい。

本気の色気に当てられ、優衣は固唾《かたず》を飲んだまま凜々しい相貌から目をそらせなくなる。

「もっと深く、キスさせろ」

切迫した声に、優衣は自然と頷いていた。

そのあとですぐに我に返ったが、身体は止まらない。

（あのときと、同じだ……）

初めてキスしてしまった時のように、一馬の言葉が勝手に身体を動かしてしまう。

そして気がつけば再び理性が遠のき、されるがまま逞《たくま》しい腕に抱き寄せられた。

小柄な優衣との体格差を埋めるため、一馬が彼女を抱き上げキッチンカウンターの上に座らせた時でさえ、抵抗一つできない。

それどころか自分から彼の首に腕を回し、二度目のキスを自分から引き寄せてしまう。

キスの経験などほぼないのに、優衣は首を僅かに傾け一馬の唇を受け入れた。すぐさま差し入れられた舌にも自ら舌を絡め、より深い口づけを求めるように形の良い後頭部にそっと指を這《は》わせる。

指通りのいい髪をそっとかきあげると、一馬はすぐさま口づけを深めた。

口腔《こうこう》を犯す舌は加減をしらず、初心《うぶ》な優衣には激しすぎるものだった。歯列をなぞられ、上顎をなぶられ、僅かな戸惑いの残る舌に絡みついては、甘い愉悦を引き出していく。

「……あ、……ッ、んん……」

息苦しさと心地よさに、こぼれる声と表情に艶が増す。

長いキスのあと、呼吸のために唇を離した一馬を見つめる眼差しは蕩《とろ》けきっていた。

その顔が男をあおることなど、もちろん優衣は知らない。

無自覚に向けてしまった甘い視線がキスのトリガーとなり、荒々しい口づけはなおも続く。

一体どれほど長く、唇を重ねていたか優衣はもうわからない。

だが長いキスが終わった時には息も絶え絶えで、一馬もまた僅かに息を乱している。

気がつけば、彼の周りから霊は完全に消えていた。

一体どの時点で消えたのかはわからない。でもなんとなく、一度目のキスの時には消えていた気がする。

(……あきらかに、やり過ぎた)

じわじわと理性が戻り、優衣は羞恥に顔を染める。途端に、一馬が忌々《いまいま》しそうな表情で顔を背けた。

「そういう顔はやめろ」

「か、顔……?」

「また、キスしたくなる」

咄嗟《とっさ》に唇を手で覆えば、今度は小さな舌打ちが響いた。

「そんなにキスされるのがいやなのか」

「だって、キスですよ」

「たかがキスだ」

「たかがじゃないです。だってこんな、恋人とするみたいな……」

「君だってノリノリだっただろう」

「それは身体が勝手に!」

慌てて唇を拭《ぬぐ》うと、一馬が拗ねたように顔を伏せる。

「……そんなに、嫌なのかよ」

こぼれた声はどこか子供っぽくて、先ほどとのギャップに戸惑う。

優衣から外した手で不満そうに髪をかきむしる仕草も、そこでチラリと向けられた眼差しも、親に叱られた少年のようだ。

そこに胸がキュンと疼《うず》くのを感じ、優衣は戸惑った。

(こ、この人のこと、いまちょっと可愛いとか思ってしまった……)

無理矢理キスされたばかりなのに、好意的な印象を抱くなんて信じられなかった。

でも確かに、優衣は目の前の男を可愛いと思ってしまっている。

自分のことなのに驚き固まっていると、一馬が優衣から離れていこうとした。

「……君もその気になったかと思ったんだ、悪かった」

どうやら彼は、優衣が本気で嫌がっていると思ったらしい。

実際恋人でもない男とキスなんて嫌なはずだったのに、離れていこうとする腕を思わずつかんでしまう。

「い、嫌とかでは……なくて……」

「でも身体が勝手に動いたなら、不快に思っているはずだ」

「動いたことに戸惑っただけで、不快とかじゃ……」

不快どころか心地よくて、余計に混乱しているのだ。

キスの経験もなく、相手は恋人でもないのに優衣ははしたない声まで出してしまった。それが今でも信じられないし、とてつもなく恥ずかしいのである。

「それに、身体が勝手に動くからちょっとびっくりして……」

「そういえば、最初のキスの時もそう言ってたな」

まるで魔法にかかったかのように、優衣の身体は一馬の言葉に従ってしまう。

それもこれも自分が彼の守人だからだろうかと思いながら、手首にはまる組紐を見つめる。

「おばあちゃんが、主と守人には特別な絆《きずな》が生まれるって言ってたんです」

「そのせいで、君は俺の言葉に従うのか？」

「た、たぶん……」

だとしても、こんなに一方的な絆は嫌だと優衣は思った。

守人は主に仕える存在だから一馬の方に従ってしまうのかも知れない。

だが、それではまるで奴隷のようではないか。

（いやでも、実際奴隷なのかも……）

あの不思議な力がなくても、押しの弱い優衣は一馬には逆らえない。

そのくせキスを拒み、戸惑う自分をあの力は逆に助けてくれているのかもしれない。

（確かにキスなんて些細《ささい》なことだ。それにこんなに幽霊がすっかり消えるなら、嫌がったりしちゃ駄目なのかも）

そんなことを考え、自然と気持ちが落ち込んでいく。

だがそこで、一馬が不意にうつむく優衣をそっと上向かせた。

「そんな顔をするな。俺もさっきは少し取り乱したが、今後はちゃんと君の意思を確認する」

再び見た顔は、いつになく穏やかで優しい。

「それ、本当ですか？」

「嫌がる君を納得させるために『彼氏になる』と言ったのに、無理矢理キスさせてたら意味ないだろ」

「でも、キスくらいってさっき……」

「俺にとっては他愛《たあい》ないことだが、君が違うというのなら無理強《じ》いはできない。下手に迫ってセクハラで訴えられてもかなわん」

「あ、そうか。嫌なら訴えれば良かったんだ」

「おい……！」

慌てた声と表情に、優衣は思わず吹き出す。

途端に、一馬の顔に拗ねたような表情が戻った。

「冗談です。でもそうですよね、これは現実なんだし訴えれば良いんですよね」

「今更気づいたみたいなこと言うな。っていうか、現実って何だ」

「私の恋愛経験値って全部小説とか漫画からだから、女子はイケメンに流されるのがセオリーなのかなってつい思っちゃって……」

「今は二十一世紀だぞ。それに俺は社会的地位もあるんだ、訴えられたら終わるだろ」

「その割には、結構強引に話を進めましたよね」

「……もうばれてるから打ち明けるが、俺は幽霊がものすごく嫌いなんだ」

「嫌いって言うか、怖いんですね」

「……嫌い、なんだ」

打ち明けると言いつつ、そこは認めたくないらしい。

「それに言うことを聞かせられるからと、女性に無理強いするようなクズにはなりたくない」

「あ、確かに守人は命令されたら逆らえないか……」

「だからそもそも訴えられないようにする。君も嫌なことは嫌だと言え」

なるべく自分も嫌がることはしないと、告げる顔に嘘《うそ》はなさそうだった。

（この人、強引なところもあるけど結構良い人なのでは……？）

そんなことを思ってほっとしたのもつかの間、一馬がじっと優衣を見つめる。

「ということで、何もしないからホテルに行こう」

「……もしかして、私が見た幽霊が怖いからですか？」

「……否定はしない」

素直になりきれない一馬に呆れつつ、優衣は苦笑する。

「大丈夫ですよ。今はもう影も形もないですし、さっきのキスのおかげか空気も浄化されてるようなので」

「出ないか？」

「たぶん」

「絶対と言ってくれ」

「ぜ、絶対……」

正直確信はないが、言わないと本気でホテルに連れて行かれかねない。

（何もされないとは言え、ホテルはやっぱり無理……）

だからここは誤魔化《ごまか》そうと優衣は決めた。

しかし彼女は、その決断を深く後悔することになるのだった。

◇◇◇　　　◇◇◇

翌日、目を覚ました優衣には酷いクマができていた。

（……全然、眠れなかった）

そしてその原因は、今も彼女に抱きついている逞しい身体である。

優衣に用意された寝室にはクイーンサイズのベッドが置かれており、そこでゆったり眠ることがこの同棲で唯一楽しみにしていたことだった。

なのに昨晩、一馬が勝手にベッドに入ってきたのである。

『恋人なら同じベッドで寝るべきだ』

などと主張していたが、十中八九一人で寝るのが怖いからに違いない。

その後一緒に寝る寝ないで押し問答を繰り広げた結果、広いベッドの半分ずつを分け合うということでひとまずの決着はついた。

しかし予想外だったのは、一馬の寝相の悪さである。

無駄に寝付きが良い上に一度寝たら起きないタイプらしく、寝息を立て始めてすぐ彼は優衣に抱きついてきたのだ。

慌てて離れようとしたものの、がっちりホールドされて完全に逃げ場を失った。

そしてそのまま、朝まで腕が離れることはなかった。

今も隣のイケメンはすやすや寝ているが、優衣の方は二時間も眠れていない。時折意識が途切れることはあったが、すぐ隣にはこの顔があるのだ。

これで暗ければまだマシだっただろうが、幽霊が怖いのか一馬は電気を消すことを頑《かたく》なに拒んだ。

(明るいと寝られないのに、なおかつこれがずっと側にあるとか地獄だよ……)

向き合った形でホールドされているため、どうしても一馬が視界に入るのだ。顔から目をそらしても、Tシャツの合間から除く鎖骨や胸がチラチラ見えて落ち着かない。

それに朝だというのに、色気的なものが増している気がする。

顔には僅かな無精髭《ひげ》がみえ、髪も乱れているのにそれさえかっこよく見えるのは一体なぜなのだろうかと、優衣はげんなりした気持ちになった。

「……ん」

そんなとき、一馬が僅かに身じろいだ。

思わず身体を強《こわ》ばらせると、ゆっくりと目が開く。

「……あと、五分……」

「いや、もう一分だって無理です！」

寝ぼけた声に大声を返すと、一馬が唸《うな》りながら腕を緩める。

その隙にベッドから転がり出ようとするが、細い腕をぎゅっとつかまれる。

「側に、いろよ……」

これは完全に寝ぼけている。そうわかっていても胸がキュンとなるような、あまいおねだりに優衣はパニックになった。

異性と一緒に寝たのは、幼稚園のお泊まり会以来である。そんな女に、この声と顔は刺激が強すぎる。

「ん、優衣……」

そのままもう一度腕に抱え込まれ、耳元を一馬の寝息がくすぐる。

時折うなり声まで出されると、異性慣れしていない優衣のキャパシティーは瞬く間に限界を超えた。

（あ、……意識……遠のきそう……）

睡眠不足で限界だった意識は、甘い寝息によって見事霧散《むさん》した。

気絶したように眠ったせいか、目を開けるともう昼だった。

慌てて身体を起こすと、横にいた迷惑な男は消えている。

それにほっとして良いのか、家主を差し置いて寝坊をしてしまったことを悔やむべきなのかと悩んでいると、部屋の扉が開いて。

現れたのは、私服姿の一馬である。最後に見た寝ぼけ顔は、完全に消えていた。

「あれ、会社は……」

「今日は日曜日だ」

そういえばそうだったとぼんやりしていると、一馬が優衣の側に腰を下ろす。

「ずいぶん寝坊したな」

「そ、それは一馬さんが……」

「俺が？」

首をかしげられ、優衣は言葉に詰まる。

この分だと、抱きついていたことに彼は気づいていない。そして甘い声で引き留めたことも覚えていないに違いない。

それを自ら白状するのは気が引けたし、自分だけがヤキモキしているのも悔しかった。

「……なんでも、ないです」

「なら顔洗ってこい。朝食は用意してある」

漂ってくる焼き魚と味噌汁《みそしる》の香りに、小さく胸が跳ねた。朝食は和食派だが、普段は面倒くさがってパンで済ませる事が多い。同居している祖母も料理は全くできないので、自分が頑張らねば満足な朝食にはありつけなかったのだ。

身支度を調え広々としたリビングダイニングに行けば、待っていたのは想像以上の朝食である。

ご飯に焼き鮭《ざけ》とほうれん草のおひたし、納豆と味噌汁に昨晩の残りもののコロッケも並んでいる。

「もうすぐ昼だし、おかずを多めにしたが入るか？」

「ペロッといけます」

痩せて見えるが、優衣は結構な大食いだ。仕事をクビになってからは食費をセーブしようと量を減らしていたが、胃が小さくなっているわけではないらしい。

「ありがとうございます。こんなに豪華な朝食久々だから嬉しいです」

「それを言うなら、君の夕飯だって豪華だったじゃないか」

「でも作ったのはシチューだけだし、このコロッケはお惣菜だし」

「俺だって全部手作りってわけじゃない。それに惣菜だってわざわざ買ってきてくれたんだ、十分ありがたいよ」

まっすぐな賛辞に、優衣はくすぐったい気持ちを覚える。

そのまま食事を始めても、前に座る一馬がなんだか気になってしまいついチラチラと視線を向けてしまう。

（おばあちゃんが一馬さんの家は資産家だって言ってたけど、やっぱりすごいお金持ちなのかな？）

食べ方にも品があるし、良家のご子息といった雰囲気をひしひしと感じる。

その上会社の社長だなんて、やっぱり設定を盛りすぎではないだろうかとぼんやり考えていると、一馬が不意に優衣を見つめた。

「今日、用事はあるか？」

「な、ないです」

「なら買い物に行くぞ。色々足りない物もあるだろう」

確かに同棲は急な話だったので、用意が間に合わなかった物もある。とはいえ短い期間のつもりだったので、優衣の中には足りない物を買い足すという考えはなかった。

「別に良いですよ。物が増えたら、後々処分に困るだけですし」

「でもここにいる限り不自由はさせたくない。俺も買いたい物があるし、行くぞ」

有無を言わせぬ声に、優衣は強く出られなかった。

食事を終えて支度を調えると、一馬はわざわざ店まで車を出すと言い出した。

駐車場代がもったいないと優衣は言ったが、荷物が多くなった時のためだと彼は聞かなかった。

車が必要なほど何かを買うつもりなどなかったが、どうやら一馬は生活用品をしっかりそろえるつもりらしい。

その上、連れて行かれたのは服から家具までハイブランドが軒を連ねる百貨店である。

自分用のタオルとか洗面道具を百円ショップでそろえるくらいのつもりでいたのに、一つ三万近くする清水《きよみず》焼きの茶碗《ちゃわん》を「恋人なら同じ柄でそろえよう」とセットで買おうと言い出すしまつだ。

ちなみにこれはほんの序の口で、箸置きからタオル、部屋着やスキンケア用品などありとあらゆる物を「これがよさそうだ」というだけで値段も見ずにほいほい購入を決めてしまう。

止めようとしたが、品の良い店員の前で大声を上げるわけにも行かず、もじもじしているうちに飛んできた外商員が優衣を差し置いてはいはい頷いてしまうものだから、止めるに止められない。

（というか、外商員が追いかけてくる金持ちって本当にいるんだ……）

などと最後は白い目になり、彼がお金持ちのボンボンであることを痛感させられた。

本人は「本当の金持ちは自分の足で百貨店に行かない」などとのたまっているが、物の買い方が庶民ではない。スーパーのコロッケを美味しそうに食べていたから油断したが、これは絶対に生まれながらのハイソサエティーである。

ちょっとした買い出しのはずが恐ろしい額になり、優衣が青い顔をしていると「そろそろ休憩するか」とようやくデパートと言う名の地獄から解放される。

しかし甘いものを食べに行こうと誘われ連れていかれた場所は、今度は違う意味で地獄だった。

「え、ここ……ですか？」

奥まった通りに建つ茶房《さぼう》は、創業百二十年と書かれた老舗《しにせ》だ。

「ここのあんみつが、美味《うま》いんだ」

「でも、でもあの……ここ……見るからに……」

「出そうか？」

「出そうって言うか出ますよねこれ。いますよね、絶対」

「ああ、実際出るぞ」

二人が見あげる店は妙な雰囲気を纏っており、日が差さない立地を抜きにしても冷えすぎていた。

「幽霊、嫌いなんですよね？」

「でもここのあんみつは、本当に美味い」

そう言うと、一馬は優衣の方へと目を向ける。正確には優衣の唇をじっと見ている。

「まさか、やれと？」

「君が嫌なら我慢するが、本当に美味いぞ」

あんみつだけでなく、葛餅《くずもち》も、抹茶《まっちゃ》も絶品だぞと言われるとつい心が揺れる。

優衣は甘い物が大好きで、中でも葛餅が大好物なのだ。

「でも一馬さんに憑いているものならともかく、別の場所に憑いてる幽霊を消せるかどうかはわかりませんよ」

「物は試しという奴だ」

確かに、試してみるだけならいいかもしれない。などと思ってしまう当たり、一馬に段々毒されている気がする。

(でも葛餅……食べたい……！)

幽霊嫌いの一馬がおすすめするくらいだから、絶対美味しいに違いない。

そう思うと、優衣は覚悟を決めた。

「じゃあ、人がいないうちにちょこっとだけ」

「ああ、すぐ終わらせる」

言うなり身体を引き寄せられ、唇を重ねられる。それだけだったのに、重苦しかった気配が明らかに浄化されていく。まだ店の中には少し悪い気が残っているが、これなら問題なく入店できそうだ。

「自分でもびっくりです」

「すごい効果だな」

どうやらキスによって引き出された優衣の霊力は、一馬のうちにとどまるだけでなく周りに流れ出すらしい。流れ出した霊力はすぐ消えずに残っているようで、これなら悪い物が近づいてくることはないだろう。

「じゃあ入ろう。お礼にここはおごる」

そう言って手を引かれ、一馬と共に店へと入る。

空気の変化に店員たちも何か感じるものがあったらしく、「いらっしゃいませ」という声はなんだか少し戸惑っている。

その様子に二人でこっそり笑いながら、念願のあんみつと葛餅を頼む。

運ばれてきた甘味はどちらも美味しそうで、優衣はうっとりと顔を綻《ほころ》ばせる。しかし彼女以上に感激しているのは一馬である。

「十年ぶりの悲願が、達成された……」

あんみつを前に感極まっている彼は、端から見るとちょっとおかしな人だ。せっかくのイケメンぶりも、台無しである。

「十年も来てなかったんですか？」

「ああ。ここのあんみつは世界で一番美味いのに、幽霊がたまるようになってしまって……」

「まあ、さっきの空気の中に入っていく勇気はないですよね」

優衣も、空気が悪いからと足が向かなくなった場所はたくさんある。

だから感極まる気持ちも、わからなくはない。

その上、一馬が言うとおりここの甘味は最高だった。

途中あんみつも少しもらったが、世界一というのもうなずける。

（でも、本当に美味しそうに食べるなぁ）

いつも眉間に皺《しわ》を寄せていて気難しそうな雰囲気のある一馬だが、あんみつを前にすると表情が穏やかになる。

思えば冷蔵庫の中にプリンなども入っていたし、甘い物が好きなのだろう。

普段の彼とのギャップがおかしくも可愛くて、優衣はつい視線を向けてしまう。

すると一馬が顔を上げ、視線が絡む。見ていたのが恥ずかしくて思わず顔を逸らそうとすると「そういえば……」と一馬が口を開いた。

「この店、祖父が小春さんから教えてもらった場所らしいぞ」

「おばあちゃんが？」

「若い頃に二人でよく来た店らしい。でもこの有様だから、仲違《なかたが》いしてからは祖父も来られなかったようだが」

初めて聞く話に優衣は興味を引かれる。

確かに小春は甘い物に目がなく、その血は優衣にも引き継がれている。なのに店のことを教えてもらわなかったと言うことは、祖母も長いこと足を運んでいないのだろう。

だからこそ、こうして幽霊もたまってしまったのかもしれない。

「そういえば、おばあちゃんの若い頃の話ってあんまり聞いたことないかも」

「守人のことも知らない様子だったな」

「はい。資産家に雇われてたって言う漠然とした話しかしてくれなくて」

「俺も小春さんのことを聞いたのは数回だな。この店に連れてきてもらった時と、酔った祖父の口から時々名前がでたくらいだ」

「お互い話題に出さないと言うことは、酷い喧嘩《けんか》別れをしたんでしょうか」

「祖父の口ぶりからすると、小春さんにフラれたみたいだな」

「ふ、ふられた……⁉」

予想外の言葉に、優衣は目をむく。

「好きなのに離れなければならなかった……みたいな事を酔った勢いで口にしていた。祖父は頑固で狭量だし、あの嘆き方からしてふられたに違いないない」

一馬の言葉で、思い出したのは優衣の祖父のことだ。母が生まれてすぐ亡くなった祖父とは会ったことがないけれど、小春が言うには穏やかで何をしても怒らない人だったらしい。

そんな祖父と結婚したことを思うと、一馬の祖父が小春のタイプでなかった可能性はある。

「でも、なんか不思議です。守人の関係ってなんだか特別な感じがするじゃないですか。それが痴話げんかひとつで簡単に切れてしまうなんて……」

「確かに守人である神代家との関係は百年以上続くものだしな。それを断ち切るほどのことを、祖父はしたんだろうな」

「いや、おばあちゃんが何かしたという可能性も……」

ああ見えて小春は我が強いし怒ると鬼のように恐ろしいのである。だがそれを告げても、一馬はすべての原因は自分の祖父にあると思っているらしい。

「絶対じいさんのせいだな。偏屈すぎて家族中が手を焼いてるくらいだし」

「ず、ずいぶんな言い方ですね……」

「言ってやりたくもなる。じいさんが小春さんと仲違いしたせいで、俺は君とこの年まで出会えなかったんだぞ」

拗ねたような目で見つめられ、なぜだか胸の奥が妙にむずむずする。

「君ともっと早く出会えていれば、このあんみつだって我慢しなくてすんだのに」

そして自分に会いたかったのはあんみつのためだと言われると、今度はなんだ少しがっかりする。

妙に落ち着かない気持ちをいぶかしく思っていると、テーブルの上に置かれた優衣の手を不意に一馬がぐっと握った。

「だが、一度見つけたからにはもう二度と逃がさないからな」

「あ、あくどい顔でそんなこと言わないでください！　なんか怖いです！」

「元々こういう顔立ちなんだ。それに逃がさない代わりに、ちゃんと幸せにしてやる」

「幸せにしてやるって、そんなプロポーズみたいな」

「君が恋人より夫の方が欲しいと言うなら、別に結婚しても良いぞ」

「な、なんでそんな軽く決めちゃうんですか⁉　恋愛も結婚も、ほいほいするものじゃないでしょう」

握られた手は引いてもほどけず、慌てながら優衣は言葉を重ねる。

しかし一馬は、それを不思議そうな顔で見つめるだけだ。

「俺にとっては、どちらも軽いものだよ。それに『恋愛結婚だけはするな』がうちの家訓だしな」

「そ、そんな家訓あります？」

「何でも、一族に産まれた男は恋をするとろくな目に遭わないらしい。実際、祖父は小春さんに恋をして手痛く振られたあげく、大事な守人を失っただろ」

「じゃあ冗談とかじゃなくて本当に家訓なんですか？」

「愛のない政略結婚の方が上手くいく家系なんだ。こんな時代だから俺は自由にしろと言われているが、どうせ失敗する恋には興味ない」

ドライ過ぎる発言に呆れつつ、優衣は少しがっかりしてしまう。

（つまり、私のことは欠片も好きじゃないんだな……）

自分みたいな女に一馬のような男が惚《ほ》れるわけがないのに、無駄にグイグイ来るせいで優衣は無意識のうちに彼に好意を抱かれている気になっていたようだ。

（本当に勘違いも甚《はなは》だしいよね……。なのにがっかりするとか、異性に対して免疫なさ過ぎかも……）

一馬が求めているのは自分ではなく自分の力なのに、誰かに求められた経験がないせいで大事なことに全く気づけていなかった。

思わず落ち込んでいると、そこで一馬が握ったままの手に力を込める。

「ああ、でも君のことは大事にしてやるから安心しろ」

「好きじゃない相手と結婚するなんて、辛《つら》くないですか……？」

「俺は誰かを好きになるつもりはないし、なったことはないから辛いとは思わない。それに愛なんてなくても結婚生活は維持できるとも教えられてきた」

だから問題ないと、一馬は言い切る。

「とはいえ不義理はしない。結婚したら君の望みも何でも叶《かな》えてやる。金なら無限にあるからな」

「金で釣《つ》ろうとするとか、一馬さんけっこうゲスいですよね」

「実際、それが一番釣れる。だから効率を求めるなら金をちらつかせるのが普通だろう」

「もしや、今までもそうやって女性を手込めに……？」

「いや、自分から釣ろうと思ったのは君が初めてだ。普段は釣り糸を垂らさなくても、俺の付加価値に釣られて魚の方からは勝手に寄ってくる」

告げる声は、妙に冷めていた。もしかしたら優衣が思っている以上に、寄ってくる魚の数は多いのかもしれない。そしてそれもまた、一馬が恋に夢を見ない原因なのだろう。

（まあ、これだけ顔とステータスが良ければ嫌になるほどモテるよなぁ）

その上恋愛結婚は上手くいかないなんて家訓があれば、恋と異性に冷めた性格になってもおかしくはない。

ただそれを、少し悲しいと優衣は思ってしまう。恋をしたことがないくせに、彼女は恋愛に夢をみるタイプなのだ。

運命の人はいると信じたいし、恋にしか得られない幸せもあると信じている。

故にエゴだとわかっているが、彼にもそうした幸せを手にして欲しいとも思ってしまうのだ。

それを押しつける気はないけれど、自分の存在によって一馬が得るべき幸せを遠ざけてしまうのは気が引ける。だからやっぱり利害のためとは言え「恋人」関係になるのは嫌だと優衣は改めて思った。

「お金で釣ろうと思っても、私は釣れませんからね」

「じゃあ、身体の方が良いか?」

「かっ……!?」

「俺は上手いらしいぞ」

「ひ、昼間からそういうこと言わないでください」

「だって俺は君を釣り上げたい」

「別に、釣り上げなくても守人の役目は果たしますから」

このままではもっとすごい餌を投げられそうだったので、優衣は慌てて握られた手をほどく。

途端に、一馬は驚いた顔で固まった。

「一馬さんが苦労しているのはわかりましたし、恋人じゃない相手に唇を許すのは嫌だって考えが古いのは、自分でもわかってますから……」

「でも俺は、できることなら君と一緒に住みたい。さすがにそれは、赤の他人ではいやだろう?」

「いや、むしろ赤の他人とルームシェアする方が安心ですよ。好きでもない相手と、恋人みたいに暮らす方がいやです」

それに朝と晩のキスが必要なのは、もう十分わかっている。

「私のことをちゃんと尊重してくれる一馬さんになら、必要なだけキスはします。だからもう無理に恋人になろうとしなくていいです」

「別に無理というわけでは……」

「でも恋愛は嫌なんでしょう？　逆に私は、自分を好きではない相手と恋人にとはなりたくないんです。だから赤の他人のままキスをしましょう」

言葉にすると、優衣にも覚悟ができてくる。

（うん、赤の他人なら上手くやっていける気がする）

そしてこの会話は、あの無駄に高い物を買わせる前にするべきだったなと少し後悔する。

でも一馬は買った物を返品する性格ではなさそうだし、ならば払わせてしまった金額の分だけ幽霊を祓おうと優衣は決めた。

途端に心が軽くなり、優衣は笑顔で葛餅に手を伸ばす。

それをどこか複雑な顔で一馬が見つめていたが、優衣も彼自身もそれに気づいてはいなかった。

第三章

一馬と暮らすようになって今日で二週間。予想していたような混乱や戸惑いもなく、優衣は日々充実した毎日を送っていた。

（……いやこれ、充実しすぎてまずいのでは？）

目の前に用意された豪華なおやつを見て、優衣はふとそんなことを思う。

小春と一緒に暮らしている時の三時のおやつと言えば、スーパーの特売品コーナーに置かれた大手菓子メーカーのアソートやおせんべいだったのに、今目の前にあるのは有名洋菓子店のガレットである。

最初は驚いたが、一馬にとっては普通のおやつらしく、そのおこぼれに優衣も預かっていた。

赤の他人として共に暮らすと決めたものの、誰かとルームシェアをしたことなどないので最初は不安も多かった。

特に一馬は気難しそうなところがあるし、生活のルールや家事の分担などを守らなければ怒られるタイプかと思っていたのである。

しかし蓋を開けてみれば、彼は驚くほど寛容で家事についてのこだわりはなかった。

「俺が買っておいたプリンさえ食べなければ、あとは好きなように暮らせばいい。家事も通いの家政婦を雇えば良い」

などと本気で言うため、優衣の方からせめて家のことをさせて欲しいとお願いしたほどだ。

家政婦のように完璧な家事はできないが、最低限の掃除をして料理を作っているだけで一馬は褒めてくれる。特に手料理は、帰り際に「今夜の夕食は何だ？」とわざわざ聞いてくるほど気に入ったらしい。

高級洋菓子ばかり食べているくせに、意外にも一馬は庶民的な料理も好きで、なおかつ二人は味覚があうらしく、優衣の作った物は何でも美味しいと食べてくれた。

そして時々手抜きをしたくなって惣菜を紛れ込ませても、文句一つ言わない。むしろ優衣がなまけものモードになっているとそれを察し、彼が夕飯を用意してくれることも多かった。

あまりに察しが良いので驚いていると「守人と主の絆のせいか、不思議とわかるんだ」と彼は話していた。

同様に優衣も一馬に対して妙に察しが良くなった気がする。

彼が疲れている時はなんとなくわかるし、幽霊に憑かれていてやばそうだという直感は特に良く当たった。

そういうときは彼の好きな甘味を用意し、時には昼休みに会社のそばまで行き、キスで幽霊を祓ったりする。

そんな具合にお互いの気持ちや行動が不思議と咬《か》み合って、この二週間は驚くほど快適に暮らしている。

ただ一つ、やきもきさせられることもあるにはあるが。

「優衣、今日はこれをプレイして見せてくれ」

仕事から帰ってくると、一馬はそう言って発売したばかりのゲームを差し出してくる。

ゲーム会社の社長である彼は、市場調査のためにと様々なゲームを買ってくるのだが、やたらと優衣にプレイをさせたがるのだ。

なぜなら、一馬はびっくりするほどプレイヤースキルがない。子供でさえ遊べるパーティー系のゲームでさえろくに操作できず、クリアができないと言う有様なのだ。

一方優衣はかなりのゲーマーで、どんなジャンルのゲームでもそつなく遊ぶことができる。クリアまでの総プレイ時間もさほどかからないため、一馬は自分で遊ぶより優衣を使った方が効率的だと気づいたらしい。

夕食を終えると、二人は寝るまでの時間リビングのソファに座ってゲームをするのが日々の日課となりつつある。だがこの時間が、優衣は楽しくも苦痛だった。

（今日は、いつも以上に近い……）

差し出されたのがホラーゲームだったこともあり、今日の一馬は優衣を抱え込むようにしてテレビ画面を見ている。

恋人ではなく赤の他人として暮らそうと言ったはずなのに、ふとした瞬間彼はこうして優衣にくっついてくるのだ。

散々キスをしておいて、密着くらいで何を今更と自分でも思う。けれどどうしても、距離が近づくと無駄に一馬を意識してしまうのだ。

「……一馬さん、さすがにこの体勢はちょっと……」

「ホラーゲームは、嫌いなんだ」

「怖いんですね」

「嫌いなんだ」

見え見えなのに、やっぱり彼は認めなかった。

「じゃあ見なきゃ良いじゃないですか」

「だが初週三百万も売っている作品だぞ、触れないわけにはいかないだろ」

「そこまで言うなら自分でプレイすれば良いのに」

「嫌いなんだ」

もう、いっそ怖いと言えば良いのにと思いつつ、ゲーム自体は優衣も気になっていたものなので、渋々オープニングへと進む。

一馬のことが気になりつつも、ひとまず画面に集中する。

ハイクオリティなCGのオープニングから、プレイヤーが操作する画面へとスムーズに移行する演出はなかなかのものだった。

しかしホラーゲームらしいクリーチャーが出てきた途端、恐怖とは別の意味で優衣はびくっと身体を震わせる。

(だから近い……‼)

先ほどより強く優衣に縋りついてくる一馬のせいで、コントローラーを思わず取り落としそうになる。

「なにしてる、速く逃げないと殺されるだろ！」

「か、一馬さんが邪魔するから操作ミスったんですよ！」

「俺は何もしていない」

「人に縋りついておきながら、何言ってるんですか！」

必死にキャラクターを操作してクリーチャーからなんとか逃げ切るものの、一馬の腕が緩む気配がない。

その後も恐怖演出のたびにぎゅっと縋りついてくる一馬のせいで、いつになく優衣の手元はおぼつかない。

結局最初のセーブポイントにたどり着くまでかなりの時間を要し、コントローラーを手放した頃にはどっと疲れてしまった。

「さすがに、良く出来てるな」

「とかいって、時々目をつぶってましたよね」

「ドライアイなんだ」

「言い訳雑になってますよ……」

呆れつつも、ようやく優衣から離れた一馬はタブレット端末を手に取った。

優衣がプレイするのを見たあと、彼は必ずゲームの感想をまとめている。

ゲームの内容などはもちろん、操作性やＵＩデザイン、アクセシビリティなどについてもしっかり書かれているのを見て、怖がりつつもチェックはちゃんとしているのだなと感心した。

「一馬さんの会社では、ホラーゲームを作ったりしないんですか？」

「うちでは無理だな。ホラーゲームのレベルデザインができる奴もいないし」

「ゼディアゲームズの作品は、アクションとかＲＰＧばっかりですもんね」

「それだって寄せ集めだからな。いつも人が足りないし、とてもじゃないが新規のジャンルに手を出す余裕はない」

寄せ集めと言う言葉に、優衣は思わず驚く。

彼女もプレイしているファンタジーゲートは日本最大のMMORPGと言っても過言ではなく、海外でも人気がある作品なのだ。

アクティブキャラクター数は百万に迫っており、月額課金料やゲーム内アイテム、その他グッズの売り上げなども含めると、毎年百億近い収益があると言われている。

ゲーム自体のクオリティの高さもさることながら、追加コンテンツのアップデート頻度も高く、飽きが来ない作りが人気の秘密だった。

「あれだけのクオリティのゲームを、寄せ集めで作ってるんですか？」

「そもそもうちは、ゲーム会社としては弱小も良いところだからな」

「私、大手くらいに思ってました」

「ファンタジーゲートのおかげでそうしたイメージが出来つつあるが、少し前まではクソみたいなメディアミックス作品しか作ってなかっただろ」

「自社製品をクソとか言っていいんですか？」

「実際クソだったし、それをやめさせるために呼ばれたのが俺だからな」

確かに、昔のゼディアゲームズの作品が酷かった記憶は優衣にもある。

ゼディアゲームズの主要コンテンツは、親会社である芦屋出版がライセンスを持つ漫画やアニメを元にしたゲームだったが、それが軒並み酷い出来だったのである。世に言うクソゲーを連発し、評判はかなり悪かった。

しかしある時から、急にゲームのクオリティが上がったのだ。それを手がけたのが後にファンタジーゲートのディレクターとなった荻野《おぎの》というゲームクリエイターで、彼を連れてきたのが一馬だとネットには書かれていた。

それが事実なら、一馬には先見の明があったのだろう。

その後汚名を返上する勢いで数々のヒット作を飛ばし、その後発表したファンタジーゲートが好評を呼び、ゼディアゲームズは一流ゲーム会社の仲間入りを果たしたのだ。

「一馬さんのおかげでファンタジーゲートができたかと思うと、コアプレイヤーとしてはちょっと拝みたくなります」

「拝むなら俺じゃなくて荻野にしろ。俺は基本金勘定しかしていない」

「でも、社長として口出しとかしないんですか？　一馬さん、ファンタジーゲートもしっかりプレイしてるんでしょう」

最近は優衣が使わせてもらっているが、リビングには高価なゲーミングＰＣが置かれている。その中にはファンタジーゲートもしっかりダウンロードされていて、ちらっとみた一馬のキャラクターはかなりレベルが高かった。

「プレイはしているが、内容については基本口出ししない。コストをかけすぎている時は叱るが、荻野はその感覚もプロデューサー並にしっかりしているから基本は放っておける」

「荻野さんって、本当にすごい人なんですね。顔も格好いいし、憧れちゃうなぁ」

思わずこぼすと、なぜだか鋭い視線が飛んでくる。

「なぜ、顔の話が出てくる」

「だってゲーマーの間では有名ですよ。イケメンクリエイターって」

「顔なら、俺の方が良いだろう」

「それ、普通自分で言います？」

「事実だろ」

確かに比べたら一馬の方が格好いいと優衣は思う。しかし完璧に整いすぎた一馬より、明るくて人の良さそうな荻野の方が人気はありそうな気がした。

「……今頭の中で俺と荻野を比べたな」

「察しが良すぎます」

「君はわかりやすすぎる」

そう言うと、一馬は優衣の方へと僅かに身体を傾ける。

ソファについた手に軽く頭を乗せ、じっとこちらを見てくる彼はいつになく色気づいている。

なんだか酷く落ち着かない気持ちになり、優衣は一度消したゲームをもう一度立ち上げた。

しかしそこで、コントローラーを取り上げられる。

「画面より、俺を見ろ」

「な、なんですか突然……!?」

「荻野の方がイケメンだと思ってそうだから、認識を改めさせてやる」

「べ、別に誰をイケメンだと思おうと一馬さんには関係ないじゃないですか！」

「ある。俺とキスまでしておきながら、荻野の方がイケメンだと考えていると思うと腹が立つ」

「キスする時は一馬さんのことしか考えられないんだから、いいじゃないですか！」

「本当に、俺のことだけ考えているか？」

妙に妖しい眼差しを向け、一馬が優衣の顎にそっと手をかける。

（また、この顔だ……）

赤の他人のままでいようと決めたはずなのに、時々一馬は意味深な視線を向けてくる。

甘さと艶を帯びた眼差しはまるで、特別な感情を抱いているようだ。

しかし彼が自分を特別視する理由がない。彼は恋をしないと言っていたし、恋人のように振る舞う意味もない。何より、優衣のようなさえない女子を好きになるわけもないのだ。

「な、なんで……触るんですか……」

「なんとなく」

「イケメンだって自覚があるなら、そんな妖しい目と手つきで触らないでください」

「なんだ、照れているのか？」

顎に触れていた指が頬を撫《な》で、真っ赤になった耳をくすぐる。

ホラーゲームをしている時より今の方がよっぽど心臓に悪い。

激しく高鳴る鼓動を押さえ、優衣はぎゅっと目をつむる。

「それとも、別の何かを期待しているのか？」

別の何かって何だと思った瞬間、優衣の唇に柔らかな物が重なる。

一馬の唇だと気づいて戸惑うが、近づいてきた身体を押し返すことはできなかった。

（どうしよう、私最近変だ……）

毎日何度もキスをしているのに、慣れるどころか日に日に落ち着かない気持ちが増している。

ドキドキするのに嫌ではなくて、その上心のどこかではこの一瞬を終わらせたくないと思う時もある。

今だってキスする必要などなかったのに、嫌だとは思えなかった。

「……抵抗しないと、もっと深くするぞ」

一馬の言葉で、優衣はようやく我に返る。

慌てて身を引き口を押さえると、ふっと小さな笑い声が響いた。

「い、今……なんでキスを……」

「嫌な気配がしたから、念のため唇を借りた」

「け、気配なんてありませんでしたよ」

「そうか？　俺はまだ感じるが」

「ホラーゲームのせいで、意識が過敏になってるだけですよ」

優衣の言葉に、一馬は「たしかに」と頷いた。けれど無意味にキスしたことに対する謝罪はなく、それどころかまだあの眼差しを向けている。

「そ、そろそろ寝ましょうよ。一馬さん、明日朝から会議なんですよね」

「ああ。でも君が起きているならもうしばらく起きてる」

「な、なんで……」

「なんとなく、そうしたいからだ」

なんでだろうなと、こぼした顔は本当に不思議がっている。

自分でも自分がわかっていないという雰囲気だが、多分これはホラーゲームの後遺症に違いない。

「一馬さん、ゲームが怖かったから寝るのが怖いんでしょう」

「いや、別に怖くはないが……」

いつものように否定しかけて、不意に一馬が言葉を止める。

それからしばし悩んだあと、優衣の手をそっとつかんだ。

「怖いと言ったら、また一緒に寝てくれるのか？」

「へ？」

予想外すぎる問いかけに、優衣は間抜けな顔で固まった。

初日以来、二人は別々の部屋で寝ている。恋人ではないのだし、それが普通だと説得したのだ。

確かにその通りだとそのときは納得したのに、優衣を見つめる彼は名案を思いついたと言う顔で目を輝かせている。

「い、いやですよ！　いい大人なんですから一人で寝てください」

「しかし、恐怖は霊を呼び寄せるだろう。今夜一人で寝たら、金縛りにでも遭いそうだ」

「じゃあおばあちゃんの清めたお塩を、いっぱい振りかけてあげますから」

「塩だらけで寝るより、俺は君と寝たい」

言うなり更に距離を詰められ、優衣は声にならない悲鳴を上げた。

赤の他人は一緒に寝ないと抗議したかったのに、間近に迫ったイケメンの圧に負けて声が出ない。

「よし、じゃあさっそく――」

言うなり身体を抱えあげられそうになった時、突然一馬のスマホが鳴った。

思わず視線を向けるとスマホの画面には「荻野　緊急度レベルＭＡＸ」となっている。

しかし一馬は、不満げな顔をするばかりですぐにはそれを取らない。

「い、いいんですか？　レベルＭＡＸって出てますけど」

「よくはない。この番号から来る時は、本気でまずい問題が起きたときだ」

だからこそ出たくないという顔がありありと見て取れたが、さすがに無視はできないのだろう。

優衣から手を放し、一馬はスマホをつかむ。

問題のせいかもしれないが、仕事モードの彼はいつもの三倍は顔が険しい。眉間に深く皺を刻みながら、キッチンの方へと歩く姿は鬼のようだ。

「……は⁉　だから今回のアップデートはコンテンツ量が多すぎだと指摘しただろ‼　なのにまだ更に盛ったのか‼」

漏れ聞こえてくる声は、怒りに満ちていて優衣は思わず震えてしまう。

(一馬さん、仕事だと滅茶苦茶怖いんだろうな)

そんなことを思いながら、邪魔にならないようこっそりと部屋に戻ろうとする。

大好きなゲームに関する問題だと思うと気にはなったが、いちプレイヤーだからこそ聞いてはいけない気がしてそそくさと退散しようと思う。

「待て」

だがそのとき、突然一馬に腕をつかまれる。

悲鳴を上げかけると、彼はスマホを下ろしながら優衣をじっと見つめた。

「君は、ファンタジーゲートは何年プレイしてる?」

「へ?」

「何年うちのゲームで遊んでいるかと聞いている」

「えっと、ベータテストのときだから……」

「今ので、使えるのはわかった」

使えるってどういう意味だと首をかしげた優衣の腕をつかんだまま、一馬は「十五分で行く」と指示を出し通話を切った。

「あの、もしかしてこの時間からお仕事ですか？」

「ああ。だから、ついてこい」

「……へ？」

「ちょっと、数日こもらなければいけなくなった。だが場所が問題で、人も足りない」

「問題ってまさか……」

「オカルトがらみだ」

嫌な予感を覚えたが、つかまれた腕はほどけそうもなかった。

◇◇◇　　◇◇◇

着替えも許されず、最低限の貴重品だけもたされた優衣が一馬と家を出たのは深夜前のことだった。

そして車に乗り込んだ十五分後、優衣は一馬の言う「問題の場所」に連れてこられた。

「あ、あの……ここ……ここは！」

第六開発室――そう書かれた部屋の前で、優衣は驚きと戸惑いに言葉を失う。

車が見覚えのあるビルに滑り込んだ時からまさかと思っていたが、ここは西新宿《にししんじゅく》にある一馬の会社「ゼディアゲームズ」の社屋《しゃおく》である。

それも第六開発室と言えば、優衣もプレイしているファンタジーゲートを開発している部署だ。

憧れの場所に連れてこられた興奮と、そこに部屋着同然の格好できてしまった事への恥ずかしさで優衣の頭は大いに混乱した。

今着ているエスニックテイストのワンピースとゆったりとしたロングカーディガンは、外にも着てはいけるデザインではあるが、憧れの場所に来るならもっとおめかししたかった。お化粧だってちゃんとしたかったと悔やんでいると、きゅうにぞわりと背筋が凍えた。

緊張のしすぎとは違う感覚に、優衣は戦《おのの》く。

「あ、あの、この気配……な、ななな……んで……」

もはや人の言葉が喋れなくなっている優衣に、一馬は渋い顔でセキュリティカードを取り出す。

「見ればわかるだろ、ここがいかにヤバいかは」

一馬に指摘され、そこでようやく優衣は気づく。

開け放たれた扉の先、憧れの開発室は電気がついているはずなのに真っ暗だった。よく見れば部屋中を黒い靄《もや》が覆い尽くしており、それはぶくぶくと煮え立ち、人の顔や身体の一部に見える瞬間さえあった。

「……な、なにこの空気の重さ……」

「ここは鬼門らしくてな、悪い気と霊がたまりにたまるんだ」

言うなり、一馬が優衣の頭に手を伸ばす。次の瞬間唇を押し当てられ、思わずびくんと身体が跳ねた。

今日は許可なくキスをされてばかりいる。それを妙に冷静に受け入れている自分と、ここは外だと慌てる自分が胸の中でせめぎ合う。

だがキスのおかげで暗かった部屋に明かりがともり、重かった空気は霧散した。

とはいえ元々が酷すぎるので、奥のブースなどにはまだ何か悪い物がたまっている気配はするが。

「おおお、マジでキスで綺麗《きれい》になるんだな！」

そんなとき、突然響いた声には聞き覚えがあった。

（こ、この声……、開発動画でなんども聞いた声だ！）

慌てて一馬から離れると、すぐ側に見覚えのある顔が立っている。

「お、荻野ディレクター……!?」

憧れのゲームクリエイターの前でキスをしていたと気づき、優衣は今すぐ逃げ出したい気持ちになる。

見れば荻野だけでなく、見覚えのある有名なクリエイターが並んでいる。それだけで驚きなのに、みながこちらを眺め、中にはあがめ奉るように優衣に手を合わせている者もいる。

「いやぁ、まじで助かった……。実装前の時期に霊障《れいしょう》連発で、開発環境は壊れかけるしサーバーはエラー連発するしでマジ死ぬかと思ったんだ」

荻野の口からこぼれるオカルトな単語に、優衣は目を白黒させる。

訳がわからず、事情の説明を求めて一馬を見ると、彼はすました顔で優衣と荻野の間に身体を割り込ませた。

「まあ見てわかったと思うが、第六開発室は出るんだ。開発に支障をきたすレベルだからお祓いもしているが、今回はばたついていて手配を忘れたそうでな……」

「そうなんだよ！　忘れた上に誰かがうっかり大事なお札剥《は》がしちゃったみたいでさ！　開発の佳境《かきょう》なのにいっきにどばぁって幽霊がでまくって、まじ死ぬかと思ったよ」

あははと、明るい笑い声を響かせながら言う荻野の言葉で、優衣は自分が呼び出された理由を察する。

「す、すごい環境で開発なさってるんですね……」

「移転したいけど色々訳ありでさ……。お祓いさえしてればどうにかなると思ってたんだけど、今回はほんとピンチだった」

そう言うと、荻野は側にいる一馬の身体をがしっと抱きしめる。

「いやぁ、持つべき物は除霊できる彼女を持つ親友だな」

「この子は彼女じゃない」

「恥ずかしがるなよ。こういうちっちゃくて可愛いタイプ、ストライクど真ん中じゃん」

「ありえない」

言うなり荻野の身体を引き剥がし、一馬は鋭い視線を周囲に向ける。

「さっさと仕事に戻れ。アップデートの日にちは絶対にずらせないんだぞ」

静かな声ではあったが、込められた怒りに開発者たちが慌ててデスクに戻っていく。唯一、一馬に笑顔を向け続けているのは荻野だけだ。

「そう怒るなよ。幽霊がジャブジャブ湧き出る中、みんな頑張ってくれてたんだから」

「だが何人も倒れたと聞いたぞ。本当に間に合うのか？」

「一応応援は呼んだよ。それに、一馬の彼女も貸してくれるんだろ？」

「彼女ではない」

「うんうん、じゃあひとまずそういうことで良いから」

不満そうな一馬を笑顔で一蹴し、荻野が改まった仕草で名刺を取り出す。

慌ててそれを受け取り、ＯＬ時代の作法を思い出し深々と頭を下げた。

「えっと、神代優衣です」

「一馬から聞いてる。除霊の力がある上に、うちのコアプレイヤーだって」

「は、はい！　ベータからずっと遊ばせていただいております！」

混乱が去ると、憧れの荻野を前に緊張がじわじわ溢れてきて、口調が無駄に堅苦しくなる。そんな優衣に感じのいい笑顔を向けてから、荻野は優衣の手をぎゅっと握った。

「ベータから遊んでくれているなら、うちの開発スケジュールがキッツキツなのは知ってるよね？」

荻野の言葉に、優衣は苦笑しながら頷く。

ゲームだけでなく、開発情報やアップデート内容に逐一目を通す優衣のようなプレイヤーにとって、開発スケジュールのきつさは周知の事実だ。

会社自体はホワイトで残業なども基本ないそうだが、サービス精神旺盛な荻野たちスタッフはついついアップデートの内容を盛りすぎてしまう。

実装されるダンジョンやボス、装備の数が突然増えるといったことは日常茶飯事で、そのたびアップデート前は修羅場になると、開発内容に関する講演で荻野が良く話していた。

ファンタジーゲートのアップデートは年に約三回、四ヶ月ごとに予定され、その頻度の高さと提供されるコンテンツの質の良さが評判となっている。それが世界規模でプレイヤーを増やす要因にはなっているが開発チームはその分激務らしい。

しかしその開発メンバーがなかなか集まらず、スケジュールは年々押しぎみだと荻野は講演で喋っていた。

その講演でざっくり説明された開発スケジュールと次のアップデート時期を踏まえると、もう作業はすべて終わっているべきタイミングである。

(でも、みんな……すごい必死に働いているな……)

どう考えても、作業が終わっているとは思えなかった。

「なんだか、絶賛修羅場中って感じですね」

「うん、今回は本気でやばいんだよね。その上霊障続きで、デバッグの子が逃げちゃってやばかったんだ」

「デバッグって、ゲームをチェックする人のこと……でしたっけ」

「そうそう！　なんか仮眠室に血だらけの女が出るようになっちゃってさ、寝泊まりしてたスタッフ数人と、デバッグの子が逃げるわ倒れるわでマジやばい！」

「……それは、やばいですね」

色々な意味でやばい。そして仮眠室には絶対近づきたくないと、優衣は思う。

「それでね、良かったら君にデバッグを手伝って欲しいんだ。もちろんアルバイト代は出すからさ！」

「で、でも私なんかが……」

「ベータから遊んでくれる子なら楽勝でできるチェックだから大丈夫！　それに今なら、メインキャラの声優さんのサインとかもつくよ！」

「さ、サインなら荻野さんのが欲しいです」

うっかり本音がこぼれると、荻野がきょとんとした顔をする。それを見て優衣がはっと口を押さえると、荻野はすぐ笑顔に戻った。

「俺で良ければいくらでもいいよ！　サインだけじゃなく、二人っきりで開発裏トークってご褒美でも……」

「おい、なぜ二人きりなんだ」

それまで黙っていた一馬が急に割り込み、荻野を睨む。

「そういうご褒美、欲しがるアルバイトの子は多いから」

「こいつは欲しがってない」

「いえ、けっこう欲しいかもです……」

開発裏トークなんてゲームファンからしたらよだれ物だ。

（聞きたい……絶対聞きたい……）

思わず目を輝かせながら荻野を見れば、一馬の機嫌が明らかに悪くなる。

しかし憧れの人からの素敵すぎる提案に目がくらみ、優衣は自分が恐ろしい顔で睨まれているとは気づいていなかった。

「じゃあ早速お仕事お願いしようかな！　とりあえず君、ゲームだと何の職業使ってる？」

「アタッカー役のネクロマンサーです」

「またマニアックなのを選んだねぇ」

「リアルで死霊になやまされてるんで、ゲームの中では逆に使役《しえき》してやりたくて」

「ははっ、使う理由酷すぎ！　でもその考え嫌いじゃないよ！」

何やら荻野に気に入られ、パソコンの前へと座らされる。

それからチェックして欲しい箇所をまとめたプリントを手渡され、優衣は緊張の面持ちでそれを受け取る。

所々専門用語が入っていたが、長年やっているゲームだけあり意味はだいたいわかる。

（うん、これならやれそう……）

突然のことにまだ戸惑いはあるけれど、大好きなゲームのためならばと優衣は気合いを入れた。


その後休憩なしで五時間ほどゲームをプレイし、次回のアップデートで実装されるバトルコンテンツ三つを立て続けにチェックした。

気がつけば一馬は消えており、作業は「大森《おおもり》ゆかり」と呼ばれる女性スタッフと二人で延々行った。

ゆかりはシナリオ制作班に身を置いているが、急遽《きゅうきょ》デバッグ対応にかり出されたらしい。

最初は緊張していた優衣だったが、明るいゆかりのおかげで途中からはリラックスしてプレイができた。

ファンタジーゲートはバトルの難易度が高めで、プレイヤーの多くはボイスチャットを使っている。でも優衣はそれが苦手で、誰かと喋りながらゲームをしたことはなかった。

だからゆかりと会話をしながらのプレイは新鮮で楽しく、途中からは仕事を忘れて熱中してしまったくらいだ。

その弾《はず》みで漫画を書いていると口を滑らせれば、何とゆかりは優衣の漫画のファンだという。

「優衣ちゃんの漫画、設定やサブストーリーを丁寧に拾ってくれてるから、開発でもめっちゃファン多いんだよ！　私も更新楽しみにしてたんだ！」

そう言ってハグまでされ、思わぬプレゼントまでもらった気分だった。

そうして二人でチェックを重ねていると、ふらりと荻野がやってくる。

長時間のプレイは疲れないかと気遣ってくれた彼に頷いたところで、窓からは朝日が差し込んでいることに気づく。

「ああ、こんなに綺麗な朝日初めてだ……」

「ほんとだ、よどんでない！」

「心なしか空気も綺麗よね！」

開発ブースなどからこぼしてくるそんな声に、優衣は苦笑する。

（ここ、本当に幽霊がたまりやすい場所なんだろうな）

昨晩キスで払ったばかりなのに、ふとみれば部屋の隅には何やらうごめく物が見える。

そちらを見ない振りしながら、優衣はそっと一馬を探した。

しかしどこを見ても彼の姿はない。

（もしや、怖がって逃げたとか……？）

あれほどの幽霊嫌いが、こんな場所にいられるわけがない。

だとしても自分を置いていくのは酷いじゃないかと、拗ねた気持ちになる。

（一馬さんがいないと、私だって幽霊怖いのに……）

一人きりでは幽霊を払えないし、優衣だって彼に負けず劣らず霊は怖いのだ。なのに自分だけ逃げるなんてと拗ねた気持ちになっていると、すぐ背後で小さな笑い声が響く。

「もしかして、一馬を探してる？」

振り返ると、妙にニコニコした顔で優衣を見ているのは荻野だ。

「安心して。サーバーエンジニアが血まみれの落ち武者に追いかけられて寝込んじゃったから、代わりに仕事してもらってるだけなんだ」

一馬はてっきり逃げたと思っていた優衣は、エンジニアという言葉に驚く。

だがそれ以上に、隣の席にいたゆかりが「えええっ！」と驚く。

「社長って、エンジニアのお仕事もできるんですか？」

「元々、アイツは俺と一緒で開発側の人間だよ」

「金儲《かねもう》けしか頭にない。ゲームの内容なんか知ったこっちゃないって顔してるのに……」

ゆかりの言葉に、一馬らしいなと優衣は苦笑する。

「むしろめっちゃゲーム好きだよあいつ。なのに、俺が背負わされた負債を肩代わりしてくれてるんだ」

負債と言いながら、荻野はこの開発室を指さす。

「あいつは元々有能なエンジニアで、海外のスタジオで一緒に働いてたんだ。でも俺が兄貴にこの会社押しつけられた時、『お前は経営者には絶対向かない』って言って、経営の仕事を全部背負ってくれたんだよ」

そんな説明を聞いて、優衣はふと先ほどもらった名刺を思い出す。

（そういえば荻野さんの名刺、ディレクターの隣に『代表取締役』って肩書きもあった……）

ということは、きっと共同経営者という形なのだろう。初めて知る事実に驚いていると、ゆかりが不思議そうに首をかしげる。

「優衣ちゃん、社長とは仕事の話とかしないの？」

「はい、あまり……」

「まあ、恋人になりたてなら仕事の話よりイチャイチャしたい時期かー」

「いや、だからそういう関係ではなくて‼」

「恥ずかしがらなくて良いよ」

「うん、ラブラブなのはバレバレだよな」

ゆかりと荻野の両方に笑われ、優衣はさらに必死になる。

「恥ずかしいとかじゃなくて、実際ないですし今後もあり得ませんから！」

慌てて否定すると、不意に強い圧を背後から感じる。

嫌な予感を覚えながら振り返れば、いつになく鋭い眼差しの一馬が立っている。

なぜそんな怖い顔をしているのかと戸惑っていると、彼は優衣の少ない荷物を乱暴につかむ。

「仕事が終わったなら、帰るぞ」

「えっ、でもまだ終わってないチェックが……」

「ここまでやればあとは開発がなんとかするだろ」

強引な一馬に戸惑っていると、荻野が優衣に苦笑を向けた。

「本音を言えばもう少し手伝って欲しいけど、優衣ちゃんには十分すぎるほど働いてもらったから、ひとまず大丈夫だよ」

「おい、何勝手に名前呼びしてる」

「可愛いからつい」

「セクハラで訴えるぞ」

「なんで一馬が訴えるんだよ。っていうか、俺が訴えられたら困るのお前だろ」

もっともな発言だが、荻野を見つめる一馬の目は本気に見えた。

だから慌てて間に入り、デバッグの結果をまとめたチェックシートをゆかりに手渡す。

「とりあえずあの、少しでも力になれたのならよかったです！」

「少しどころじゃないわよ。むしろいつも来てくれる人たちよりずっと細かくチェックしてくれるし、すっごく助かったわ」

「そこまで言ってくださるなら嬉しいです。あとあの、ついでにこれも……」

そこで、優衣はチェックシートとは別に気になっているところをまとめたシートをゆかりに手渡した。

「勝手だとは思ったんですけど、チェックしたコンテンツの台詞に気になるところがあって……」

「え、こんなに細かくチェックしてくれたの？」

「それであの、思い過ごしなら聞き逃してくださって構いませんが、今回ちょっと設定と矛盾が多い箇所が多かった気がしたので……」

ファンタジーゲートは細やかな世界設定と個性的なキャラクターたちに彩られた物語も魅力の一つだ。しかしそれが今回は少し精彩を欠いている気がしたのだ。

それをシナリオ班のゆかりに伝えるのは気が引けたが、気がつけば荻野まで顔を出し「続けて」と催促する。

「あとあの、ボスが使う古代ベルディアン語のフレーズもちょっとおかしかったので、ボイス関係の所も念のためまとめておきました」

優衣が口にしたのはゲームの中にしか出てこない言語で、発音も文字も開発スタッフが一から生み出した造語だ。しかしファンタジーゲートガチ勢の優衣は、一時期それを解読して楽しんでいたことがある。優衣は昔からゲームやアニメの設定を調べるのが好きで、ファンタジーゲートでも世界設定集やスタッフの発言を自分でまとめ、二次創作に生かしていた。

だからこそ今回のミスが気になってまとめたのだと説明した途端、荻野がふっと真顔になる。

「……ごめん、やっぱり君を帰せなくなった」

そう言った途端、荻野が優衣にがしっと抱きつく。

悲鳴を上げかけた時、耳元でずずっと鼻をすする音が響いた。

「優衣ちゃん、君は救世主だ！　今回、シナリオと設定制作のチームが立て続けに倒れちゃって、細かいところが全然詰められてなかったんだよ！」

そういう荻野は本気で泣いている。助けを呼ぼうとゆかりを見ると、彼女まで泣いていた。

そして彼女もまた、優衣にがしっと抱きつく。

「でもアップデートの日は遅らせられないし、シナリオチームは私以外お祓いのために神社にこもっちゃったし、もうどうしたら良いかって思ってたのよ……」

「倒れたって、オカルトな事情だったんですね……」

「うん。うちのシナリオチーム、私以外は霊感強めの子が多いのよ」

「その点ゆかりはズボラでがさつだからいつも無事なんだけど、ひとりだけじゃメインシナリオの整合性を保つのに精一杯でさ」

荻野が付け足した言葉に、「一言余計です」とゆかりが突っ込む。

「でもゆかり、ヤバい霊がたまってる場所でも平気で入っていくじゃん。あの仮眠室でも、イビキかいて寝てたし」

「なんかいるなぁ位は感じますけど、私そういうのほぼ見えないんで」

たぶん霊感がまるでないからだろう。霊を見たり感じたりする力がないと、霊の方からも近づいてこない。

だからゆかりはひとりだけ無事だったのだろうと気づき、優衣はちょっぴり羨ましくなる。

「そんな感じだから、俺はぜひ君が欲しい！　優衣ちゃん、その力を是非貸してくれ！」

荻野により強く抱きしめられ、優衣はぐえっとつぶれたカエルのような声を出す。

するとそこで、逞しい腕が荻野をぐっと引き剥がす。もちろん、一馬である。

「やっぱり、セクハラで訴えてやる」

「訴える前に、今すぐ優衣ちゃんを雇って！　彼女がいたら、実装見送ったクエストまで手が回るし！」

「だからって、なんで抱きつく！」

「いやもう、今ほんと追い詰められててさ。そこに神が来たら、抱きつくでしょ？」

「神ならなおさらお前の汚い手で触れるな」

「……汚く……なくはないかも。そういえば、お風呂四日は入ってないや」

言われてみると、さっき抱きしめられた時やたらと香水の匂いが強かった。あれは、体臭消しだったのかもしれない。

それにゆかりも気づいたようで、彼女はさりげなく除菌スプレーを取ってきた。使うかと視線で尋ねてくるゆかりに首を横に振りながら、優衣は改めて荻野の姿を見た。

最初あった時は緊張のあまり気づかなかったが、よく見ると写真で見た彼よりやつれている気がする。

それほどまでに切羽詰まっているのだと思うと、手伝いをしたいという気持ちがわき上がる。

「一馬さん。私、できることがあるならもう少し手伝いたいです」

「自分を雇えと言いたいのか？」

「いえ、ただアルバイト的な感じでもう少しお手伝いさせていただけたらと」

デバッグ作業の延長線でいいといえば、荻野がまたしても距離を詰めてくる。

さりげなくゆかりが止めてくれたから良いが、近づこうとしただけで一馬の表情が険しくなった。

そして彼は、優衣を軽く睨む。

「少しじゃ多分すまないぞ。この分だと、三日は帰れないと思え」

「わ、わかってます。……でも好きなゲームのピンチなら、できることはしたいです」

「安心して優衣ちゃん！　帰れないかも知れないけど、仮眠部屋はあるよ！　幽霊は出るけど！」

荻野の提案は全く安心できないが、幽霊ならなんとかなるかもしれないという気もする。

そこでチラリと一馬を伺えば、諦めた顔で彼はため息をついた。

それに、優衣以上に喜んだのは荻野である。

「じゃあついでに一馬もサーバーエンジニアとして手伝ってくれよな！」

キラキラと輝く目を見るに、優衣だけでなく一馬も一緒に釣り上げる気満々だったのだろう。

「あともちろん、除霊もよろしく！」

最後に付け加えられた一言に少しドキッとしたが、ここで仕事をするならキスは免れない。

「つ、次は人目のないところでお願いします」

一馬の手を取りそっと告げると、いつになく苛立った顔で舌打ちが帰ってくる。

それに優衣はビクッと震えたが、荻野とゆかりは始終ニヤニヤとした顔で二人を見ていた。

◇◇◇　　　◇◇◇

結局、開発室での缶詰は二日で済んだ。

その後も更に三日ほど会社に呼び出されたが徹夜続きにはならず、開発メンバーも荻野たちも家へと帰れるほどスケジュールは持ち直したのである。

なんとか立て直せたのは、小春のおかげでもあった。

一馬とキスすれば除霊はできるものの、完全ではないし時間が経つとすぐにまた何かが湧いてくる。

それをおかしく思った優衣が、何か原因があるのではと思い除霊のプロである小春を呼び出したのだ。

結果、開発室には幽霊を増殖させる原因がいくつもあることがわかった。

元々この開発室は鬼門と呼ばれる幽霊が出やすい場所にある。そのため時折除霊を行い、幽霊が寄りつかないようお札を貼っていた。そして荻野が言っていたとおり、このお札を破ったのがまずかったらしい。

しかしそれだけでなく、幽霊を呼び込みやすいアイテムが開発室にはいくつもあったことが、魑魅魍魎《ちみもうりょう》が跋扈《ばっこ》していた本当の理由だったようだ。

「あらあら、誰かしら呪いの人形なんておいているのは……」

開発室に入るなり小春が近づいたのは、ゆかりの所属するシナリオ班のブースだった。

そこには参考資料のために、中東から持ち帰ってきた人形や仮面が置かれていた。

どこか間が抜けた造形だったので優衣も気づいていなかったが、それらはすべて呪具《じゅぐ》の類いだったらしい。

それらが霊を触発し、いつも以上に開発ブースの空気がよどんでいたのだと小春は告げた。

その後呪具は小春が持ち帰り、彼女は倒れている開発メンバーたちの除霊も行ってくれた。

おかげでみな復調し、人手不足は解消され、なんとかアップデートの作業も間に合ったのである。

とはいえオンラインゲームは、買い切りのゲームとは違いすぐにまた新しいアップデートが行われる。その次の作業を見据えると胃が痛いと荻野は言っていたが、小春が新しいお札を開発室に貼ったので、今後は誰かが倒れることはないだろう。

あとはこのまま巻き返すしかないと一馬に睨まれ、荻野は開発チームのメンバーと「がんばろうな！」と泣きながら抱き合っていた。

どうやら荻野は良く泣き、良く抱きつくタイプらしい。

そしてそれは優衣にも遺憾なく発揮され、おかげで彼女は日々針のむしろだった。

（今日も、一馬さん滅茶苦茶機嫌悪いな……）

それもこれも、荻野に抱きつかれたところをバッチリ見られたからだ。

ようやくアップデートの作業にも目処《めど》がつき、今日で優衣の仕事は終わりだった。

故に最後のチェックを終えて帰ろうとしたところ、荻野とゆかりたちシナリオ班に引き留められ「是非引き続き働いて欲しい」と縋りつかれたのである。

社交辞令だとわかっていても嬉しくて、ついされるがままになっていたのがいけなかった。

気がつけば背後に一馬が立っていて、彼はいつものごとく荻野たちを優衣から引き剥がした。そのまま彼の車に押し込まれ、優衣はお礼の言葉を言うのが精一杯だった。

そのまま家へと走り出した車の中は、ものすごく空気が重い。

ようやく一仕事やり遂げた自分を褒めてくれても良いのに……などと思うが、眉間に刻まれた皺を見るに賛辞をもらえる気配はない。

（それにしても、なんでこんなに怒るんだろう……）

荻野が抱きつくのは優衣だけではないし、むしろゆかりなど始終彼にくっつかれていた。

また彼は女性どころか男性や、掃除のおばさんにも抱きついていたくらいである。

社長なら優衣のようなアルバイトではなく社員へのセクハラを怒るべきだと思うのだが、彼は何も言わない。皆が許容しているからだとしても、優衣だってなんとも思っていないのは一緒だ。

（もしかして、私が訴えるかもって疑ってイライラしてるのかな）

前に何かあったら訴えると言ったのを、彼は覚えているのかもしれない。

自分からセクハラで訴えると言っていたのも、優衣がそうしないようにという牽制《けんせい》だったのだろう。

社員と優衣で態度が違うのも、信頼度の差だと思えば納得できる。できるが、なんだか少し拗ねた気持ちにもなった。

「別に、訴えないのに……」

思わず言葉がこぼれると、一馬が睨むように優衣を見つめる。

その視線がなんだか不快で、彼女は拗ねた顔でうつむいた。

「荻野さんのこと、セクハラで訴えたりしませんから」

「……俺の時は、訴えるとか散々言ったくせにどういう風の吹き回しだ」

「荻野さん悪い人じゃないですし、キスとハグじゃキスの方が犯罪的じゃないですか」

「どっちも変わらないだろ」

「かわりますよ。一馬さんは舌まで入れてきたし」

「……とかいって、荻野だったらキスされてもあんなに取り乱さなかったんじゃないのか?」

尋ねられ、優衣は少し考える。

スキンシップ過多な荻野は、確かに気分が高まるとキスもしていた。主に男性で、頻にではあったがちゅっとしているのを何度も見た。

そんなキャラの荻野と一馬を比べたら、荻野の方が多少はマシだったかもしれない。

「まあたしかに、そうかも」

素直に答えた瞬間、赤信号でもないのに車が急停止した。

後ろに車がいないから良かったが、さすがに危ないと思って一馬を見れば、未《いま》だかつてないほど恐ろしい形相である。

「か、一馬……さん？」

「まさか、本気になったんじゃないだろうな」

「へ？　本気……？」

「荻野だよ。まさかとは思うが、惚れたんじゃないだろうな」

「そんなわけないじゃないですか！」

「だったら何であいつのキスなら許すんだ」

「別に許すとは言ってないです！」

一馬にされた時ほど取り乱さないだろうとは思ったが、だからといってされたいと思ったわけではない。

しかしそこのところが、一馬にはまったく伝わっていないようだった。

「だが、くっつかれて喜んでただろう。さっきだって、すごい笑顔だったじゃないか」

「あのときは、『一緒に働きたい』って言ってくれたから、それに喜んでいただけで……」

「荻野と働けるから、喜んでいたんだろ？」

「そりゃそうですよ。なんたって憧れの人ですから」

そんな人や彼の率いる開発メンバーに働こうと言われて、喜ぶなという方が無理である。

「……憧れが転じて好きになるって事もあるだろ」

「それはないですよ」

確かに荻野は良い人だし格好いいとは思うが、それだけはないと断言できる。

その理由は自分でもわからなかったが、一馬に誤解されるのだけは嫌だという気持ちもあった。

「本当に、絶対あり得ません」

言葉を重ねると、一馬は車を発進させる。しかしその横顔は苛立ったままで、結局マンションの地下駐車場に入るまで彼は一言も喋らなかった。

重い空気のまま車を降りると、いつもは鞄《かばん》や荷物を持ってくれる一馬が何もせず歩き出す。

怒気を放つ背中を見ていると足が重くなり、優衣は車の前で立ち止まった。

彼女が立ち止まっていると気づいているはずなのに、一馬はエレベーターホールへと向かってしまう。

(なんでそんなに怒るのよ……。私、悪いこと何もしてないのに……)

拗ねた気持ちは苛立ちに変わり、優衣は彼の背中を蹴っ飛ばしたくなる。もちろんそんなことはできず、代わりに車の窓を指の先でつついてみるが、気持ちは全く晴れない。

せめてタイヤを蹴るくらいのことができれば良いのだが、それは車に申し訳ないと思ってしまうのが優衣だった。

(……もういっそ、家出でもしようかな)

キスがなくなることが、一馬にとっては一番困ることかもしれない。

そんなことを考え、優衣はそっと非常口の方へと目を向ける。

――ぞくり、と突然背筋が震えたのはそのときだった。

『あ……あの子を……あの子を……』

女の不気味な声が響いたかと思うと、非常口の方から黒くて不気味な影が近づいてくる。

パチンと音がして、駐車場の電気が一瞬消えたのは直後のことだった。

（な、なに……これ……）

明かりはすぐについたが、不気味な影は先ほどより優衣に近い場所に移動していた。

光の点滅は続き、視界が暗くなるたび影は少しずつ近づいてくる。あまりのことにぞっとし身体は震えるが、その場に縫い付けられたように足が動かず、優衣は逃げられない。

そして短かった点滅の間隔が長くなり始め、バチンと大きな音を立てて電気が消えた。

『……その子を、喰《く》らって』

不気味な女の声が背後から響いた瞬間、生臭い息が優衣の顔にかかる。

目の前にあの影がいるのだと気づいたが、悲鳴さえ出なかった。

意識が遠ざかり、代わりに何かが自分の中へと入ってこようとしているのを感じた。

不快なのに拒むことすらできず、恐怖に飲み込まれそうになる。

「……優衣‼」

だが次の瞬間、何かが優衣を抱き寄せる。

そこで、消えていた明かりが戻った。

まぶしさに目を細めつつ前を見ると、何かから守るように一馬が優衣をきつく抱きしめていた。

彼のぬくもりに安堵《あんど》の息をこぼしかけたところで、ぞっとする気配が増していく。

恐る恐る顔を上げると、一馬の背後にあの黒い影がいた。

影は歪み、膨張し、目の前で不気味な男の顔を形作っている。

『いや……こいつのほうが……美味そう……ダ……』

影がにたりと笑うと、一馬の身体がびくんと痙攣《けいれん》する。

「……あ、――ぐっ‼」

苦しげな声がこぼれた次の瞬間、あの影がゆらりと一馬の身体に沈みこんだ。

同時に頽《くずお》れた一馬を抱き支えていると、優衣の全身の毛が逆立つ。

先ほどまでは温かかった身体は氷のように冷え切り、一馬に触れたところから霊を触ってしまった時のような不快感が広がっていく。

「……離れ、ろ……」

苦しげな声と供に、一馬が優衣をつき飛ばす。

そんな彼の姿を見て、優衣は息を呑んだ。

(なに、これ……)

彼の顔や首には真っ黒な痣《あざ》のような物が浮かび、時折不気味に赤黒く光っている。

どくどくと脈打つように痣が光るたび、一馬は苦しげに呻《うめ》き最後はその場に何かを吐き出した。

真っ黒な血のように見えたが、地面に触れると途端に消えてしまう。多分それは、本来人の目には見えぬ悪い物だ。

「一馬さん……！」

「来る……な。触れたら……君に、移る……」

優衣を必死に遠ざけようとする一馬の目は灰色に濁り、人から離れようとしているかのようだった。

その顔を見て、優衣のなかにある記憶が蘇《よみがえ》る。

かつて祖母を頼ってきた人の中にも、目が虚《うつ》ろになり悪い物を吐き出す者がいた。その人と、一馬の状態はとてもよく似ている。

（たしか、霊と相性が良すぎると魂《たましい》が溶け合ってしまうっておばあちゃんが言ってた……）

世に言う取り憑かれた状態ではあるが、より深く魂の奥まで霊に浸食されてしまう人が稀にいるのだ。

そういう人はこうした不気味な痣が浮かぶと、小春は言っていた。

痣は優衣のように霊感のあるものにしか見えない禍々《まがまが》しい物で、一馬の顔に浮かんでいるのもそれに違いない。

「れ、霊を……追い出さなきゃ……！」

そう思って、優衣は一馬の唇を奪う。

しかしどんなに深く口づけても、彼の顔から苦悶《くもん》の色と痣は消えない。

むしろ苦痛は増し、痣は濃くなっているように見えた。

その上駐車場には、より不気味な気配が満ちている。

とにかくここにいてはいけないと思い、優衣は一馬をなんとか立たせエレベーターへと駆け込んだ。

その後部屋に入るまではなんとか足を動かしていた一馬も、寝室に運ぶ頃には完全に身動きが取れなくなっていた。

なんとかベッドに寝かせたものの、意識があるかどうかも怪しい状態だ。

自分の手には負えないと思い、優衣はすぐさま小春に電話をかける。

「おばあちゃん！　一馬さんが‼」

電話が繋《つな》がった瞬間、優衣は泣きそうな声で助けを求める。

切迫した状況だと察したのか、小春はすぐさまビデオ通話に切り替えるように言った。

『一馬さんの身体、どれくらい痣があるかわかる？　手や足まで回っている？』

尋ねられ、優衣は彼の着衣をできるだけ取り払う。

見れば腕は完全に黒く染まり、腹部まではあの痣が広がっていた。

「足は大丈夫だけど、お腹《なか》と……背中にもまわってるかも」

『……和彦さんの時と同じ……これは、普通の除霊では無理ね』

「無理って、おばあちゃんでも駄目って事？　このままだと、一馬さんはどうなるの？」

『幽霊に魂を浸食されて、無事でいられる人は稀なの。だから……』

「……まさか、死んじゃうの？」

か細い問いかけに、帰ってきたのは沈黙だった。

頭は混乱していたが、それが肯定だということは優衣にもわかる。

（どうしよう、私のせいだ……）

あのとき一馬が優衣をかばったから、あの不気味な影は彼を選んだ。

すべては自分がもたもたしていたせいだと思うと、後悔で胸が苦しくなる。

『優衣、良く聞いて。とりあえず、私が渡したお札や数珠を一馬さんの枕元に置きなさい』

「それで、どうにかなる？」

『とにかく置いて、痣が薄くなるか見て』

言われたとおり、優衣は持っていた除霊の道具を片っ端から枕元に置いた。

すると一馬の身体がびくんと跳ね、口からは獣《けもの》のような咆哮《ほうこう》が響く。

「どうしよう、もっと悪くなったみたい」

『大丈夫よ、優衣。反応があるって事は、たぶんさほど強い霊ではないわ』

「本当に？　ならおばあちゃんの力でどうにかできる？」

『……私では無理。でも、あなたならできる』

小春の言葉を、優衣は信じられない思いで聞いた。

「おばあちゃんにも無理なのに、私ができるわけない」

『でもあなたたちには特別な絆がある。守人の霊力は、主を守る何よりの武器になるの』

「けどさっきキスしたけど、全然効果がなくて……」

『キスより深く、身体と心を重ねないとたぶんだめね』

「身体を……重ねる？」

『言葉の通り、直に触れて全身から霊力を流し込むの』

「つまり、あの、それって……」

『異性の前で裸になったことのないあなたには酷だと思うけど、守人は本来身も心もすべてを捧げて主を守る存在なの』

守人の強みは、その霊力を守るべき相手に移せることだ。

そしてその際、最も強い力を発揮するのだという。

小春の説明を聞き、優衣は自分がやるべき事を察する。

できないと叫ぼうとしたが、それをかき消すように一馬の手が優衣の握っていたスマホをつかんだ。

「……だとしても、そんなこと……彼女に、させないでください……」

どうやら彼は、小春とのやりとりを聞いていたらしい。

「……小春さんの……お札のおかげで……楽になっている。だ……から……」

『無理よ。効果があったとしても、完全に霊が抜けるまで時間がかかりすぎる』

「だからって……優衣の身体を……利用する理由にはならない……」

言うなり、一馬は電話を切ってしまう。

唖然とする優衣の前で、彼はベッドの下へと落とした。

「なんで……」

「訴えられたら……困る、からな……」

辛いはずなのに、一馬はそこで小さく笑った。

それが優衣を安心させるためのものだとわかって、胸の奥が切なく騒ぐ。

泣きそうな顔で黙り込む優衣を見て、一馬がそっと彼女の頬に触れる。

そしてその目が、一瞬寂しげに揺れた。

「それに、好きな男と……荻野と、したいだろ……？」

「だから荻野さんは……」

「隠さなくて、いいんだ……」

寂しげな顔のまま小さく笑って、一馬は優衣からそっと手を放す。

途端に、彼の顔から生気が消えていく。痣も濃くなったように見え、一馬の意識も遠のきはじめた様だった。

そんな姿を、ただ見ていることなど優衣にはできなかった。

「本当に、荻野さんのことはなんとも思っていないですから！」

宣言と供に一馬の手をぎゅっとつかみ、優衣は彼の手の甲に口づけを落とす。

そうしていると、彼女の中に強い覚悟が生まれた。

（私の身体で助けられるなら、絶対に……助けてみせる……）

覚悟を決めて、優衣は羽織っていたロングカーディガンをぬぎさった。途端に、一馬が止めるように優衣の腕をつかむ。

「やけに……なるな……」

「やけになんて、なってません」

「でも君は……」

「わ、私が好きなのは一馬さんなんです！　だから、全然平気です」

一馬を説得するために、優衣は叩き付けるように宣言し彼の唇を奪う。

こう言えば、彼も覚悟を決めてくれるかもしれない。

本当はこんな嘘などつきたくはないが、一馬の命には代えられなかった。

「好きだから、死なせたくないんです。だから、私……」

「わかった。……もう、わかったから」

言葉を重ねようとしていた口を、今度は一馬が奪う。

同じ口づけなのに、彼から施されるものは酷く甘くて、優しかった。

舌を深く奥へと差し入れられると、いつも以上の愉悦が駆け抜ける。

「……んっ、は……んっ」

思わず甘い声がこぼれると、そこで一馬が小さく身震いした。

はっと顔を離すと、僅かだが痣が薄くなっている。

でもやはり、完全に消えるまでにはキスだけ足りない。それを察し、優衣は着ていたワンピースをゆっくりと脱ぐ。

直に肌を重ねると、確かに二人の間にあるつながりが強くなる気がした。

だから少しでも効果があるようにと優衣は下着もすべて脱ぎ捨てる。一馬の方もなんとか服を脱ぎ、二人は生まれたままの姿でベッドに横たわる。

(なんか変……。抱き合っているだけなのに、なんだかとても気持ちがいい……)

苦しむ一馬を助けたいのに、なぜだか優衣の方が得も言われぬ心地よさを感じてしまう。

スーツを着ている時は細身に見えたが、裸になった彼は意外にも筋肉がついていて、身体はとても固い。

なのにきつく抱きしめられても息苦しさや窮屈さは感じなかった。

いつまでもそうしていたいと願ってしまう自分に気づいて戸惑っていると、一馬が優衣の首筋に唇をそっと押し当てた。

「ひゃっ……ッ、かずま……さんっ⁉」

「君に触れていると、痛みが和らぐ。身体も、普通に動かせそうだ」

「いや、でも、そこ……ッくすぐったくて……」

「嫌か？」

僅かに顔を上げ、一馬が優衣の耳元で囁く。

嫌ではなかった。けれど嫌ではないからこそ、落ち着かない。

「なにか、変です……」

「不快感が、あるのか？」

「逆……なんです……」

気持ち良いとは素直に言えず、言葉を濁しつつ一馬を伺う。優衣の真意を探るようにじっと見つめられると、ただそれだけで意識が揺らぎ頭がぼんやりしてくる。

（この感じ……、最初の時と……同じだ……）

初めて一馬にキスをしてしまった時のように、身体と意識がゆっくりと離れていく。

だがあのときほど唐突で乱暴なものではなく、身体は勝手に動いてしまうが心はちゃんと繋がっているという感覚があった。

一馬を助けたいという気持ちに、身体が——神代家の血が反応しているのかもしれない。

「不快でないなら、もっと触れたい」

一馬の懇願に、優衣は自然と頷く。

初めてでとても緊張していたはずなのに、優衣の身体から少しずつ力が抜け、一馬に身を預けていく。

「……んっ……」

再び首筋に口づけられて、震える唇から甘い声がこぼれた。

艶を帯びた自分の声に驚いていると、胸に手を置かれてさらに戸惑う。

決して小さくはないが、男性を引きつけるほど豊満でもない。自分では中途半端だと思っていたはずなのに、一馬はその先端に優しく触れてくれた。

壊れ物を扱うようにそっと握られると、優衣の身体の奥に喜びにも似た気持ちが溢れる。

軟らかい肉をゆっくりと揉《も》みしだかれただけで腰が跳ね、初心《うぶ》な身体に官能の灯がともる。

「あ……胸……」

「可愛いな、君の胸は」

「ち、小さくて……ごめんなさい……」

「なぜ謝る。可愛くて、俺はとても好きだ」

言いながら、一馬がその先端に唇を寄せる。

「あぅッ……まっ……て……」

そのままちゅっと乳首を吸い上げられた瞬間、それまでとは比べものにならない愉悦が優衣の身体を駆け抜ける。

同時に一馬の方も、乳房に触れる手つきに荒々しさが増した。

「すっちゃ……や……ぁ……」

吸うどころか、時折頂《いただき》に歯を立てられ、優しく押しつぶされるとたまらなかった。

いやだ、待ってとかぶりを振りながらぎゅっと側のシーツを握ってみるが、心地よさは消えるどころか増していく。

（人に触れられるのは始めてなのに、なんで……）

明らかに、何かがおかしい。

胸を吸われると、身の内にある何かを奪われていくような、そんな感覚もある。

もしかしたらこれが、自分の霊力なのかもしれない。

(でも、奪われるのって……こんなに、気持ちがいいものなの……?)

それにキスはともかく、胸を吸われる行為はとても恥ずかしい。

まるで赤ん坊に乳をあげているような格好なのに、唇を寄せているのは一馬なのだ。

凛々しい男が自分の胸に夢中になっている。その姿を垣間見《かいまみ》ると、胸の奥に感じたことのない高揚感が生まれる。

「……だいぶ、楽になった」

しばし胸を食《は》んだあと、一馬がゆっくりと顔を上げる。

その顔からはあの醜い痣が消えていた。身体の方はまだ残っているが、確かに効果は出ているようだ。

「嫌では、なかったか?」

余裕が出てきたせいか、彼の中に再び戸惑いが生まれたのだろう。

火照った優衣の頬をそっと撫でながら、一馬が不安げに尋ねてくる。

その顔を見て、優衣の方も意識が元に戻りかける。

「大丈夫……です。むしろ……」

「気持ちよかったのか?」

「……はい。びっくりする、くらいに……」

素直にいうと、一馬の顔に甘い笑みが浮かんだ。

「よかった」

そう言って一馬が優しく優衣の唇を啄《ついば》む。ただそれだけなのにやっぱり気持ちよくて、優衣は恥じらう顔を隠すように一馬の肩にぎゅっと顔を押しつけた。

「へ、変に……なりそうです」

「ん？　変とは？」

「はじめてなのに、ずっと……気持ち、よくて……」

「俺もだ。触れているだけで苦痛も消えるし、君に触れたい気持ちが溢れてまずい」

「こ、これも……守人の絆のせい……でしょうか」

「かもしれないな」

だとしたら、別に変なことではないのかもしれない。

むしろこの心地よさに溺れることで、優衣の力を強める可能性もある。

そんな考えに一馬も気がついたのか、彼はあやすように優衣の髪を優しく撫でた。

「嫌でないのなら、俺に身を委ねてくれ。君を傷つけないように、優しくする」

「言われなくても、身を委ねることしかできそうもなくて……」

「いいよ」

「でも、マグロで除霊できますか……？」

「マグロは、あんなに可愛く啼《な》かないだろ」

言うなりもう一度乳首をきゅっとつままれ、優衣はびくんと腰を跳ねさせた。

「あ、急に……だめっ……」

「ちゃんと反応してるし、君は十分可愛い。だからそのままでいい」

突然の賛辞に驚き戸惑う優衣の肌を、一馬の手が妖しく撫でる。

身体の線をなぞるように乳房を行き来したあと、脇腹を指先が滑ると更に声が大きくなってしまった。くすぐったさを感じるべき場所なのに、今は甘い痺《しび》ればかりが駆け抜ける。

再び頭がぼんやりし始め、それに伴い心地よさはどんどん増していく。

逆にそれ以外の感覚が緩慢になり、一馬の手によって足を開かされていることも優衣は気づいていなかった。

「確かに、君は相当感じやすいようだな」

一馬が身体を起こし、自ら広げた優衣の足の間に視線を注いでいる。そこで初めて自分のはしたない体勢に気づき、優衣は小さく悲鳴を上げた。

「こら、閉じるな」

「だ、だって……」

「早めにほぐしておかないと、つらいぞ」

その言葉の意味がわからぬほど、優衣は初心ではない。経験はないが、優衣も大人だ。そしてオタクの端くれである。性愛が紐付くコンテンツを摂取したことはあるし、ちょっとした好奇心からエッチな動画を見てしまったことくらいある。

とはいえ画面の向こうの女性と同じように、自分が乱れることになるとは全く想像していなかったが。

「これだけ濡れていれば、指くらいは容易《たやす》いか」

「ゆ、指を入れるんですか……」

「あいにく、おもちゃの類《たぐ》いは持っていない」

君はあるかと尋ねられ、優衣は慌ててかぶりを振る。

「持ってないし、人様の家に持参するわけないじゃないですか」

「でも恋人がいないなら一人でするだろう」

「……し、しませんよ」

「なら、ここで感じるのは初めてか？」

「……っ、あッ！」

それまでとは比べものにならない刺激に驚いて、優衣は下腹部を見る。すると一馬の指が、茂みに隠された花芽をつまみ上げている。

快楽を生み出す場所だとは知っていたけれど、身体の手入れ以外で触ったことなどない。だからその小さな肉芽が、まさかこんなにも暴力的な快楽を生み出すとは思っていなかった。

「蜜が溢れて、甘い香りがする……」

「香り……なんて……ッ」

「俺は感じる」

言うなり足を開いたままの状態で固定され、一馬の唇が濡れた襞《ひだ》に重なった。

「ひっ……ぁッ、……！」

甘美な刺激に悲鳴を上げながら、優衣は愉悦を逃がそうと身体を震わせ頭を振る。

一馬の方は見られないが、こぼれる蜜を拭い取ったのが彼の舌であることは想像に難《かた》くない。

花弁から蜜を吸われると、先ほど乳房を食まれていた時のように、何かを奪われていく感覚を覚える。けれどそれは先ほどよりもずっと強く、鮮烈で、身体がおかしくなりそうだった。

何かに追い立てられるかのように心臓が激しく鼓動し、激しい熱のせいで全身から汗が噴き出す。

「あ……、まっ……まって……ッ」

乱れ狂う快楽から逃れたいと願い、一馬に懇願するが聞き届けてはもらえない。

それどころか、一馬の舌は荒々しさを増し、その先端が蜜壺の入り口をぐっと押し開く。

「だ、め……ッやぁ……」

蜜を舌で掻《か》き出した後、今度は一馬の指が優衣の中へと入ってくる。

今まで何も受け入れたことない場所は、きつく閉じているはずだった。

なのに一馬の指先が内襞にふれると、そこは別の生き物のようにうねり彼のために路《みち》をあける。

そのたび身体は悦《よろこ》びに震え、一馬とのつながりを今か今かと望んでいた。

「……ほし……い」

そして優衣の意思も、激しさのなかで別の何かに書き換わる。

一馬が欲しい。彼と繋がりたい。

そして己のすべてを分け与えたい。

そんな気持ちが溢れ、戸惑いをすべて押し流す。

恥じらいで真っ赤に染まっていた顔は甘く蕩けはじめ、その口からは拒絶が消えた。

「俺が、欲しいのか？」

熱に浮かされたように、欲望に溺れているのは一馬も同じだった。

優衣へと向けられた視線には情欲が溢れ、蜜で濡れた唇を嘗《な》める仕草は飢えた獣のようだ。

優衣が与えたいと思うのと同時に、彼もまた喰らいたいと望んでいる。

視線と共に二人の欲望が重なると、一馬は容赦なく優衣の唇を奪った。

「……んぅ……ッ！」

唇を貪《むさぼ》りながら、一馬の指が優衣の隘路《あいろ》を押し開く。

上と下二つの口を塞がれ、唾液と蜜をこぼしながら優衣は一馬がもたらす快楽に溺れた。

激しく舌を絡め、腰を跳ねさせ、蕩けきった眼差しに涙を浮かべながら彼女はよがる。

気がつけば隘路を抉《えぐ》る指を増やされ、もたらされる心地よさが更に増した。

しかしそこで、それまでとは違う妙な感覚を覚える。

「あ……、一馬、さんっ……」

何かがおかしいと訴えたくて、舌っ足らずな声で名を呼ぶ。

「いきそう、か……？」

「あ、……ッん、い……く……」

言葉にして、これが絶頂の兆しなのだと優衣はようやく気づく。

事象とはして知っていたが、想像以上の激しさに恐怖さえ覚える。でもそこで更に口づけられると、恐れは心地よさに上書きされてしまう。

「あ……もう、……ッ、わたし……」

「ためらわなくていい。俺が、しっかりいかせてやる」

言うなり、中を抉《えぐ》っていた指が花芽をぎゅっと押しつぶす。

途端に目の前で光が弾け、優衣は目を見開いた。

「……アアッ、ああ……！」

自分のものとは思えぬ声が出て、身体が激しく弛緩《しかん》する。

頭の先からつま先まで激しい法悦が駆け抜けたかと思うと、突然世界が真っ白になる。

初めての絶頂は想像以上に激しく、淫らで、心地よかった。

余韻は長く、優衣はうっとりとした顔のまま小さく喘《あえ》ぎ続けた。

いつまでもこの心地よさに浸っていたい。

そんな気持ちでいると、何かがヒクつく襞を擦りあげる。

途端に、一度落ち着いたはずの絶頂の波が、時を戻すように引き返してくる。

あんなに激しい物が、何度も訪れるわけがない。そう思う優衣の心とは裏腹に、意識が現実に引き戻され、どこか苦しげな一馬の声が聞こえてくる。

(そうだ……私、一馬さんを……)

受け入れないと、助けないとという気持ちが、身体に力を取り戻させる。

「苦しい……ですか……?」

尋ねると、一馬が小さく頷いた。

「また痛みが少し……。だがそれよりも、身体が君を欲しがって、勝手に……」

声は戸惑い、一馬の身体は何かに抵抗するように強ばっている。

それを解きほぐし、痛みを取り除きたいと優衣は強く思った。その思いが力となり、彼女は逞しい身体をぎゅっと抱きしめる。

「欲しいなら、奪って……」

この人になら全てをあげられる。そんな気持ちが全身から溢れると、何かが優衣の隘路をぐっと押し開く。

途端に身体が悦びに震え、口からは途切れ途切れの嬌声《きょうせい》がこぼれた。

「……くっ、すまない、痛むか?」

尋ねられ、そこでようやく自分の入り口を押し広げたのが一馬の男根だと気づく。垣間見た彼の物は、酷く大きかった。

けれど痛みはない。多分これからも感じないと言う予感も覚える。

「大丈夫……だから……」

来てと懇願するより早く、一馬がぐっと腰を押し進める。

痛みはないが、押し開かれた隘路の奥には激しい違和感があった。

けれど彼の物に中を埋められると、違和感は心地よさへと変わり始める。そして心地よさは優衣の中から、再び何かを奪っていく。

「君を、強く感じる……」

「私もすごく……ッ、かんじる……」

重なる肌から、優衣を貫く場所から、心地よさが溢れまるで二人の身体が溶け合っていくような感覚を覚えた。

実際、そのとき二人は完全に一つだった。

溢れ出た霊力が流れ込んでいるせいか、お互いの境界が曖昧になっていく。

気がつけば唇を重ね、一馬はゆっくりと腰を動かし始めた。

隘路を楔《くさび》が抉るたび、二人を隔てる壁がさらに崩れていくようだった。

「あっ……かず、ま……さんッ」

「優衣……、優衣」

こんなにも甘く名を呼ばれるのは初めてだった。そしてそれが、驚くほど嬉しい。

肉体が生み出す物とは違う喜びに頬を緩ませれば、一馬が貪るような口づけを再開する。

腰つきが激しさを増し、優衣は揺さぶられながらキスの合間に嬌声をこぼす。

これが、痛みを伴う行為であるなんて信じられなかった。それほどまで身も心も満たされて、再び身体が上り詰めていく。

それは一馬も同じようで、優衣を抉る彼のものがより逞しさを増していく。

「あ……もう、ッも……うっ……！」

「俺も、いきそうだッ……」

激しい抽挿の果てに、一馬が優衣の中で己を解き放つ。同時に優衣もまた絶頂の中に身を投げた。

「ん、アアッ――！」

獣のように喘ぎ乱れながら、優衣は一馬の腕の中で身体を弛緩させる。

一度目よりも強い愉悦に飲まれたせいか、身体が重く、今度はもう指一つ動かせそうになかった。

はぁはぁと扇情的に息を吐く事しかできずにいると、ぎゅっと一馬に強く抱きしめられる。

「優衣……」

最後に一度、呼ばれた声は酷く甘かった。そこに苦痛の色はなく、薄目で見た彼の身体には痣は見えなかった。

それが嬉しくて、幸せで、優衣は小さく笑う。

「なあ、君は本当に……」

一馬が何か尋ねてきたが、最後の言葉は聞こえなかった。

けれど同意したい気持ちになり、優衣は小さく頷く。

「……わかった、……大事にする」

何を大事にするのだろうかと怪訝に思いつつも、更に強く抱きしめられたせいで思考がまとまらない。

（一馬さんの腕の中、あったかい……）

そして何より心地が良くて、優衣はそのままいつしか眠りに落ちてしまった。

第四章

目が覚めた瞬間、優衣を待ち受けていたのはこちらをじっと見つめる凜々しい相貌だった。

「……お、はよう、ございます?」

「ああ」

戸惑いに揺れる挨拶に対して、返ってきたのは短い言葉だけである。

その間もじっと見つめてくる一馬に落ち着かない気持ちになり、優衣は今すぐこの場から逃げだそうと決めた。

(あれ……でも服……服どこだろう……)

手で周囲を探っても、指が触れるのはシーツばかりだ。

一体どこに置いたのかと考えてみるが、一馬とのふれ合いばかりが蘇って余計に頭が混乱してしまう。

「そんな可愛い顔をするな。また襲いたくなるだろう」

「……へ?」

予想外の言葉に固まった直後、一馬がゆっくりと身体を起こす。

あの不気味な痣が見えないことにほっとするも、安堵の息は柔らかな唇に奪われた。

昨晩何度も重ねたはずなのに、初めてのキスをされたかのような戸惑いを覚える。何もできず石のように固まっていると、一馬が怪訝そうに唇を離した。

「そんなに歯を食いしばったら、舌が入れられないんだが」

「し、舌って朝っぱらからディープすぎません⁉」

「恋人なら、朝からするだろう」

「こ……⁉」

一体いつから恋人になったんだと戸惑う優衣を、一馬はより強く抱きしめる。

「安心しろ、ちゃんと君が望む恋人になってやるから」

「いや、そもそもなんで恋人だなんて……」

「俺が好きだと、昨日言ったじゃないか」

確かに、そんなようなことを口走った気がする。

（まさか、あれを本気にしてる……⁉）

あのときは、優衣を思って遠慮をする一馬を説得したい一心だった。

だがもちろん、優衣は一馬に恋などしていない。一馬だって自分は誰かを好きになるつもりはないと前に言っていた。

なのに窺《うかが》い見た凛々しい顔には、いままで見たこともない甘い表情が浮かんでいる。

「君の初めてを奪ってしまったし、その責任も取る」

「い、いや……別に身体くらい……」

「ついこの前までは、キスさえためらっていただろう。なのに身体まで奪ってしまったこと、本当に申し訳なく思っている」

あの頃は自分が初心すぎたのだと言おうと思ったが、驚きすぎて言葉は声にならない。

間抜けな顔のまま固まっていると、慈しむように一馬の手が優衣の頬を撫でた。

「恋なんてしないとこの前は言ったが、君のことならちゃんと好きになれる気がするし大事にする」

「べ、別に無理しなくても……」

「無理じゃない。なんなら、今それを証明しようか？」

言うなりもう一度唇を奪われ、優衣は戸惑う。うっかり口を開けてしまったせいで舌まで差し入れられ、深まるキスに息さえ止まった。

本当は好きじゃない、恋人になんてならなくていいと言わなければいけないのに、彼に口づけられると何も考えられなくなってしまう。

気がつけば一馬の手が優衣の首筋を妖しく撫でていたが、それをはね除《の》けるという考えさえ浮かばない。

これもまた二人の間にある特別な絆のせいだろうかとぼんやり考えていると、不意に玄関のチャイムが鳴った。

その音でようやく我に返るが、一馬の方はキスをやめる気配がない。

「……ンッ、かず……ま、さん……！」

慌てて背中をバシバシと叩くと、ようやく唇が離れる。

「どうせ勧誘かなにかだろ。放っておけ」

「でも、……ンっ！」

優衣の言葉を無視し、一馬は無視して先ほどよりも荒々しく唇を奪う。

彼の眼差しに熱情がともっていることに気づき、優衣の胸が期待と不安に跳ねる。

昨晩とは違い、口づけをする理由が今はない。なのにもっとされたい、それ以上のふれ合いもしたいと訴えるように身体は甘く疼いていた。

（どうしよう、私……なんだか変……）

昨日までは処女だったのに、彼としたいだなんていくら何でもはしたなすぎる。

もしかして、今まで気づいていなかっただけで、自分はその手の行為が好きなのだろうかと戸惑っていると、チャイムの音がより激しくなった。

同時に、今度はベッドの側に転がっている優衣のスマホも鳴り出す。

さすがに無視できずに手を伸ばすと、あと少しというところで一馬が先にスマホを取り上げた。

「……小春さんか、これは切れないな」

「き、切る気だったんですか!?」

「当たり前だろう。これから、君に証明すると言ったはずだ」

「証明はもう良いです！　一馬さんが本気で恋人になろうとしてくれているのは、わかりましたから！」

このままでは自分もおかしくなってしまう気がして、優衣は慌てて彼からスマホを奪う。

「お、おばあちゃんどうしたの⁉」

慌てて電話を取ると、聞こえてきたのは祖母のクスクス笑いである。

「あら、もしかしてお邪魔だったかしら」

「お……⁉」

「念のため様子を見に来たの。でも、日を改めた方が良いかしら？」

「あ、改めなくていい！　むしろすぐ来て！」

「ならロックを開けてちょうだい。いま、マンションの下にいるから」

その言葉で、チャイムを鳴らしていたのは小春だと気づく。

「あ、でももしかして裸かしら？　やっぱり近くの喫茶店にいるから、ゆっくり身支度を調えてね」

あけすけのない物言いに優衣が赤面していると、電話はそのまま切れてしまう。

二人の会話を盗み聞きしていたのか、一馬がそこでふっと笑った。

「小春さんは察しが良いな」

「感心してる場合ですか！　このあと、どんな顔しておばあちゃんに会えば良いのかわかんないですよ」

「君はそのままでいいだろ。説明も謝罪も俺がするし、責任を取るとちゃんと言うから」

「責任って、もしかして……」

「身持ちの堅い君のことだ、交際は結婚を前提にすべきだと考えているだろう」

「そ、そこまでは堅くないですよ⁉」

優衣は言ったが、一馬はいまいち信じていないらしい。

「でも俺が好きなんだろう」

好きじゃないと言おうと思ったが、一馬の甘い眼差しに射貫かれると言葉が喉につかえてしまう。

沈黙を肯定と取ったのか、苦笑と共にささやかな口づけが優衣の唇に降ってくる。

「君の身体も心も、奪ってしまった責任は取る」

普段の優衣なら、一馬の台詞を鼻で笑えただろう。

なのに今は、甘い雰囲気に今はただただ飲まれてしまう。

「とにかく服を着よう」

「あ、あの……」

「それとも、小春さんを少し待たせるか？」

意味深な言葉と眼差しに、優衣は慌てて首を横に振る。

それに一馬が笑い、彼は下着とズボンを纏い一足先にベッドを出た。

そちらを見ないようにしながら、優衣は恥ずかしさといたたまれなさに顔を覆う。

（だめだ、こんな甘い雰囲気に耐えられない！　それに、好きじゃないって早く言わないと……）

今を逃せば、絶対に嘘だと言いづらくなる。

そう思って覚悟を決めようと奮闘していると、不意に「ん？」っと一馬が怪訝そうな声を上げた。

挙動不審な優衣に対してのものかと思ったが、彼が見ているのは鏡に映った自分の姿らしい。

気になって一馬の方へと目を向けて、優衣は目を見張る。

「……痣が、消えてない……」

慌てて優衣が近づくと、痣は再び薄くなる。そのまま触れると消えるが、手を放すと背中から腕にかけて、あの怪しい痣がくっきりと浮かび上がっていた。

「どうしよう、私じゃだめだったのかな……」

不安を感じていると、一馬がそっと優衣を抱きしめる。

「いや、昨晩のような不調は感じないからきっと平気だ」

「でも痣が……」

「消えてはいないが、嫌な感じはしないんだ」

だから安心しろと笑って、一馬は「ひとまず、小春さんに見てもらおう」と告げる。

それに頷きながら、優衣は大きな背中にそっと手を触れた。

目をこらすと彼の内側に異質な何かが潜んでいる気配はまだある。それに気づけなかったことを悔やんでいると、一馬がそっと優衣の額に唇を押しつける。

それからからかうように、彼は優衣の耳元で笑った。

「それより、君こそ大丈夫なのか?」

「大丈夫って、何がです?」

「俺はこのままでも一向に構わないが、そろそろ服を着ないと身体が冷えるぞ？」

言われて、優衣は今更のように自分が何も身につけていないことに気づいた。

「それとも、やっぱりもう一度……」

「しませんからね‼　一刻も早く、おばあちゃんに見てもらわないとだめです‼」

「残念だ」

「残念がってないで、一馬さんもシャツ着てください！」

優衣は怒鳴るが、一馬はいつまでも笑うばかりだった。

◇◇◇　　◇◇◇

「確かに、これは中々重傷ね」

小春が待っているカフェに一馬と共に向かえば、二人が席に着くなり小春は難しい顔をした。

「一馬さん、やっぱり酷いの……？」

「ええ。……でも、すぐに優衣ちゃんの霊力を渡したのは正解だったわ。これなら、時間はかかるけど悪いものはいずれ消せるはずよ」

小春の言葉にほっとしていると、隣に座った一馬が優衣の顔を覗《のぞ》き込む。

「君のおかげだな」

「でもまだ悪いものが残っているなら、役目を果たしたとは言えないです」

「俺は生きてるし、今はもう不調もない。これは君のおかげだ」

そう言ってさりげなく手を握られ、優衣はビクッと身体を跳ねさせる。

今顔を上げたら一馬の甘い視線を直視する羽目になりそうで、優衣は固まったまま動けなくなる。そんな二人のやりとりに、小春がクスリと笑った。

「それにあなたたちは相性も良さそうで安心した。その方が、霊力の受け渡しはスムーズに運ぶだろうし、除霊もすぐに終わるわ」

「すぐってどれくらい？」

「身体を重ねるかたちなら、一月《ひとつき》くらいかしら」

「そ、それって全然すぐじゃないよ！」

優衣が慌てると、小春はたちまち笑みを深める。

「十分早いわよ。痣が出るほど深く取り憑かれてしまった場合、普通なら完全な除霊に数年はかかるわ」

小春の言葉に、優衣はもちろん一馬も驚いた顔をする。

「俺は、そんなに悪い状態なんですか？」

「ええ。優衣の霊力のおかげで取り憑いた霊の意思は消えているけど、身体を重ねていなかったら完全に乗っ取られていたと思うわ」

「だとしたら、取り憑いたのが俺で良かった」

一馬の言葉に、小春が僅かに首をかしげる。

「もしかして、襲われたのは一馬さんではなく優衣の方なの？」

「ええ。咄嗟にかばったので、彼女の代わりに俺が取り憑かれる形になったんです」

「本当にありがとう。こんなに強い悪霊が取り憑いたら、優衣はただでは済まなかったと思うわ」

一馬の場合は優衣の霊力で守ることができたが、逆の場合はそうはいかなかったと小春は言う。

除霊に長けた小春でさえ苦戦するほど、優衣たちを襲った霊はやっかいらしい。

「でも、そんな強い霊がいるような場所になぜ行ったの？」

「わざと行ったわけじゃないよ。まさか、あんなのがいるとは思わなかったし」

慌てて弁解しながら、優衣は小春に地下駐車場でのことを話す。

「本当に突然だったの。車で着いた時は、全然悪い気配もしなかったんだ」

「俺も、あそこは何度も使っていますがあんな霊を見たのは初めてでした」

普段は空気も綺麗で、幽霊を見たことは今まで一度もなかったと一馬は断言する。

「だからこそ、このマンションを借りたんです。自分が連れ込んだ霊はともかく、外から何かが来ることも稀で」

「たしかに、あそこはとても空気が良いわね」

小春の言葉に優衣も同意しかけて、ふと気づく。

「……でも、やっぱり何かはいる気がする。同じ女の幽霊を、二回も見たし」

途端に一馬の顔が青ざめる。

「優衣、やはり今夜はホテルに……」

「あらやだ大胆ねぇ」

すかさず茶々を挟む小春に、優衣が顔を真っ赤にしたのは言うまでもない。

「誤解されること言わないでください！」

「だが、その女の幽霊もやっかいな奴じゃないのか？　俺は見ていないが、不気味な奴なんだろう」

「確かに結構怖い雰囲気でしたけど……」

「しばらくホテルにいよう。こういうときのために、幽霊の出ないホテルは常にピックアップしてある」

手をきつく握られ、真顔で迫ってくる一馬に嫌とは言えない。

それに小春も、彼の言葉に頷いている。

「たしかに、念のため少しマンションから離れた方が良いかもしれないわね。少し気になることもあるし、部屋は私が調べてみてもいいかしら」

「調べるって、おばあちゃんは大丈夫なの？」

「私は自衛できるもの。それにその女の霊、もしかしたら私が知っている霊かもしれないの」

何かを思い出すように、小春がコーヒーのカップを手に窓の外へと視線を向ける。

小さな頃から、祖母は時折遠くを見つめ、こうして痛みをこらえるような顔をする。

心配になってどうしたのと尋ねるたび、ちょっと昔を思い出しているのと慌てて笑顔を作るのが常だった。

笑顔から僅かな拒絶を感じ、優衣はいつもそれ以上のことは聞けなかった。

でも今は無視してはいけない気がして、勇気を出して声をかけてみる。

「その幽霊に、もしかして酷いことをされたの？」

問いかけに、小春は小さく首を横に振った。

「私は大丈夫だった。でも色々な人を傷つける悪い霊には違いないわ」

だからその幽霊かどうかしっかり調べたいと告げる祖母の顔には、強い覚悟が見える。

それを覆すことなど優衣にはできない。手伝う力もないことが、今はとても悔しかった。

「ともかく、あなたは一馬さんの身体を直すことに専念なさい。ちゃんと、毎日霊力を彼に与えるのよ」

「え、毎日……⁉」

「今さら何を驚いてるのよ。これまでだって、毎日キスはしてたでしょ？」

「あっ、そっちか……」

「この子ったら、何を想像していたのかしらね～」

おほほと上品に笑ってはいるが、小春は明らかにからかっている。

普通、祖母というのは冗談でもこの手の話題を避けるものだと思うのだが、気持ちが若いのか小春は優衣の動揺を明らかに面白がっている。

普段から優衣に「恋人はできないの？」としょっちゅう聞いてくるほどだから、この状況に嬉々《きき》としているのだろう。

「もちろん、できるならキス以外の方法も三日に一度はしたほうがいいわよ」

だから頑張ってと、一馬の方にまで笑顔を向ける小春に優衣は頭を抱える。

「大丈夫です。優衣さんは、俺が責任を持って大切にしますので」

その上、一馬の方は妙な誤解を受けそうな台詞まで口にしている。

これに小春が喜ばないわけがなく、優衣は一人でげんなりするほかなかった。

◇◇◇　　◇◇◇

その日の夕方、必要な荷物を手に優衣は一馬の手配したホテルへとやってきた。

手頃な場所を選んだという一馬の言葉から、てっきり近くのビジネスホテルだと思っていた優衣は、車が停《と》まった瞬間「え？」と間抜けな声を上げる。そのままさりげなくエスコートされ、持とうと思っていた鞄をベルボーイに奪われたところでようやく我へと返る。

「え、こ……ここですか!?」

「ああ。ここは、空気が良いだろう」

係員に車の鍵を渡し、近づいてきた一馬が囁く。

確かに幽霊の気配はないけれど、見上げた建物は最高級ホテルである。車が丸の内にさしかかったあたりで何かがおかしいとは思っていたが、とてもではないが手頃に泊まるホテルではない。

そこに、一馬は優衣の手を引き我が物顔で歩いていく。

「一馬様、お待ちしておりました」

入り口を抜ければ、待っていたのは物腰の柔らかな壮年の男性だ。

ご案内しますと微笑《ほほえ》む彼に一馬が続けば、手を握られている優衣も続く形になる。

「一馬様がいらっしゃるのは、お久しぶりですね」

「ああ、少し忙しくしていた。そういえば、父は今いるのか？」

「ここ最近は、海外出張が続いているご様子です。会長の方も半年先まで滞在の予定はないようですよ」

「なら貸し切りで使えるな」

二人の会話を間の抜けた顔で聞いているうちに、たどり着いたのは最上階の部屋だった。

部屋に入ると、優衣の想像していた客室とはまるで違う光景が広がっている。

「あの、ここってスイートルーム……ですか？」

「一応ペントハウスだよ」

そう言われても、優衣には違いがよくわからない。

案内された部屋は都心の景色を一望できる角部屋で、リビングルームを中心に寝室が二つ完備されている。

寝室にはそれぞれに独立した浴室とシャワーブースがついていて、どちらも大理石作りの豪華な物だ。

リビングルームには小さなキッチンとミニバーまで完備され、どの部屋もインテリアは美しい和のテイストで統一されていた。

「た、高そうなお部屋ですね……」

「安心しろ、タダだ」

「さすがにその嘘はバレバレですよ」

「嘘じゃない。この部屋……というかホテルは、実家の持ち物だからな」

驚きの事実をさらりと告げられ、優衣の顔が更に間抜けな物になる。それを笑いながら、一馬が案内してくれた男を下がらせた。

「俺は母親の姓を名乗っているが、実家は『御津神《みつかみ》』という」

「み、御津神って……大財閥……の……」

「元大財閥だな。曾祖父《そうそふ》が色々やらかしたおかげで、事業の殆《ほとん》どは人の手に渡ったし今は不動産とホテル事業くらいしか手がけていない」

その二つもささやかな規模だと一馬は言うがとんでもない。御津神の名前はいち庶民の優衣でさえ知るほど有名だ。

御津神グループは総合デベロッパーであり、高級オフィスや商業施設を多く所有し、都市部の再開発をいくつも行っている。

また最近はホテル事業も好調らしく、シティホテルに加え近年は国内客向けの高級リゾート開発に力を入れており、どの施設も二年先まで予約がいっぱいだという記事を、前にネットで読んだ記憶があった。

「資産家としか聞いてなかったけど、まさかの元財閥……」

「小春さんは、何も話してなかったんだな」

「ええ。まさか、おばあちゃんがそんな有名なおうちの守人をしていたなんて、びっくりです」

「君だって今は俺の守人だろう」

「……そうか、一馬さんやっぱり本物の御曹司なんだ……」

宇宙人でも見たような気持ちを抱いていると、一馬が小さく吹き出す。

「実家のことを話して、そんな間抜けな反応を返されたのは初めてだ」

「だって、いきなり御曹司ですって言われたらびっくりするでしょう普通」

「そしてもっと目の色を変えるな。だからまあ、普段はあまり口にしないんだ」

嫌なことでも思い出したのか、一馬の表情が苦しげに歪む。

「もしかして、御津神を名乗らないのもそのせいですか？」

「珍しい名前だから絶対にばれるし、良い意味でも悪い意味でも贔屓《ひいき》される。それが原因で学生時代に色々あってな……」

そして高校の途中から、日本ではなくアメリカの学校に進学したのだと彼は苦笑する。

「おかげで大学では荻野と会えたし、すべてが悪いことではなかったが」

「じゃあ、お二人ともわざわざアメリカまで行ってゲーム制作を学んだんですか？」

「いや、実を言うと二人とも選考は経営学なんだ。ハーバードでＭＢＡを取って、本当はお互い実家を継ぐはずだったんだが……」

「待ってください、一馬さんはともかく荻野さんもってことはまさか……」

「あいつも俺と同じ御曹司なんだよ。ゼディアゲームズの親会社の芦屋出版を経営してるのは、あいつの実家だ」

「すごい、宇宙人が二人も……」

宇宙人扱いするなと軽く小突かれるが、MBAまで取っているなんて言われたら地球外生命体扱いしたくもなる。

「でも、そんなに優秀なのになんでゲーム会社に？」

「二人ともゲーマーだったのはもちろん、ある時学友がインディーズのゲーム会社を立ち上げてな。日本人ならゲーム作れるだろって妙な先入観で勧誘されて、手伝っているうちにズブズブはまった感じだな」

「じゃあSEを勉強したのもそこからですか？」

「ああ。俺はエンジニアとして、荻野は企画として重宝されていた。結果その会社は大手ゲームスタジオに買収されて、そのまま二十代まではそこで働いてたんだ。二人して、実家の期待を蹴り飛ばした形だな」

その後ゼディアゲームズが倒産の危機にあると聞き、戻ると決めた荻野について一馬もまた帰国したのだと懐かしそうに教えてくれた。

「とはいえ俺はともかく荻野は経営者向きじゃない。MBAも取れなかったし、あいつのゲームを作る才能を無駄にしたくなかったから、共同経営者ってことにして荻野には現場を任せてるんだ」

「でも一馬さんも元々は作る側だったんですよね？　今は経営しかしてないみたいですけど、未練はないんですか？」

「なくはないが、適材適所だ。それに元々三十になったら日本に帰って何かしらの会社経営をしろと言われていたし、実家の事業を継ぐよりゼディアゲームズで働いていた方がやりたいことにも近い」

一馬はそう言うが、サーバーエンジニアの仕事をしていた時の彼はとても生き生きしていた。だから本当は未練があるんじゃないかと優衣は思う。

でも経営と開発は、そう簡単に両立できる物ではないのだろう。そして荻野のために、一馬はあえて一番やりたいことから身を引いたのだ。

「一馬さん、荻野さんのこと大好きなんですね」

「おい、気持ち悪いこと言うな」

「だって、荻野さんのために社長として頑張ってるんでしょう？」

「それはあいつの才能を見込んでいるからだ。そして金になるからだ」

口ではそう言っているが、二人のやりとりからは親密さを感じたしきっとこれは照れ隠しだろう。

（好きだって認めたくないところ、ちょっと可愛いかも……）

思わずそんなことを考えていると、一馬の視線が僅かに鋭くなる。

「だが才能があってもあいつは女にだらしがない。だから、絶対に浮気するなよ」

「う、浮気ってなんですかそれ」

「君は、あいつが気に入っているだろう」

「だからそれは、クリエイターとして尊敬しているからであって……」

「じゃあ俺と荻野の顔、どっちが好きだ」

突然の質問に戸惑う優衣の脳は、考える間もなく一馬だという結論を出した。

だがあまりの速さに自分自身がそれについて行けず、照れくささのあまり押し黙る。

「言えないってことは、荻野だろ」

「いや、それは……」

違うと言えば一馬だと認めてしまうことになるし、それは無性に恥ずかしい。

何も言えないまま唸っていると、見る間に視線が冷たくなった。

てっきり怒られると思った優衣は身構えるが、そこで一馬の表情がふっとほぐれる。

「まあいい、顔はともかく君が男として好きなのは俺なんだろ？」

妖しい色香を瞳に浮かべ、一馬が優衣をじっと見つめる。

（そういえば、昨日のことまだ否定できてなかった……！）

今更気づいて慌てるが、それよりも早くちゅっと優しく唇を奪われる。

あまりに自然にキスをしてくる一馬に、優衣は唖然として固まる。

「て、手慣れすぎ……では……」

「別に慣れてない」

「でも、そんな流れるようにキスとか……」

「誰でもできるだろ」

そこでもう一回優しく唇を啄まれ、優衣は真っ赤になる。

「いや、絶対慣れてます……。今まで、色んな人にしてきたに決まってます」

「確かに君よりは経験はあるかもしれないな」

「ほら……」

「でもこれからは、君だけにしかしない」

告げる声は真剣で、優衣は思わず顔を上げた。

甘い眼差しと正面から目が合うと、火照った頬がさらに熱くなる。

「だから君も、浮気はするなよ？」

「しませんよ。そもそも、私なんかを好きになる人なんていません」

「いるだろ。君は可愛いし、魅力的だ」

それに荻野の好みだと、告げる声には僅かな苛立ちが含まれている。

「けど誰に迫られても、自分は俺の物だってことは忘れるな」

言うなり先ほどより深く口づけられ、優衣はさらに戸惑う。

「……んッ」

自分でも驚くほど甘い声がこぼれ、驚きながら咄嗟に一馬のシャツを握りしめてしまった。

途端に口づけは激しくなり、戸惑う優衣の舌を一馬が荒々しく絡め取る。

「……あっ、……かず、まさん……」

止めてと言う声は口づけに飲まれ、彼の名を呼ぶ甘い声だけがこぼれる。

今はキスをする必要なんてないのに、ぬくもりが重なるたび彼に身を委ねたいという気持ちが強くなる。

（いやでも、まだ完全に除霊できたわけじゃないし……いいのかな……）

一馬の身体にはまだあの痣が残っている。ならばそれを消すためだと考えれば、間違ったことをしているわけではない。

おずおずと優衣の方からも舌を絡めれば、一馬が身体を強ばらせ、慌てて身を引いた。

「自分が、こんなにもこらえ性がないとは思わなかった……」

眉間の皺を深め、悩ましげな顔で一馬が優衣と額を合わせる。

「こらえるつもり、だったんですか……？」

「当たり前だろう。昨日あれだけ激しくして、さらに無理はさせたくない」

どうやら一馬は、優衣の身体のために必死で踏みとどまったらしい。

そんな必要はないのにと思っていると、深いため息が一つこぼれる。

「頼むから、そんな顔を向けるな。歯止めがきかなくなる」

「そんな顔……？」

「俺が欲しいと、訴えるような顔だ」

「そ、そんなつもりは……」

ないとも言えず、もごもごと口を動かしていると、一馬の大きな手が優衣の頭を優しく撫でる。

「君は、俺が好きなんだろう。なら欲しがるのはおかしいことじゃない」

笑顔で言い切られ、優衣は慌てて彼から目をそらす。

(好きじゃないのに、なんでそんな勘違いするのよ……)

確かに昨日は一馬を好きだと嘘をついた、でも優衣は嘘が上手いタイプではない。

むしろバレバレだと、からかわれることの方が多い。

なのに一馬には、それが一向にばれない。

「どうしてふくれ面になる。ちゃんと彼氏になると、そう言っただろう」

「でも、昨日までは……」

「最低な男だった自覚はある。でも君のためなら、ちゃんとする」

顎を優しくつかみ、一馬は自分の方へと優衣を上向かせる。

「君のためなら、変われる気がする」

甘い言葉と共に、もう一度唇が重なる。

その一度で一馬はやめるつもりだったようだが、優衣の方が自然と一馬の背中に腕を回してしまった。

嘘なのに嘘にしたくない。そんな気持ちが、口づけを深めてしまう。

「……ねだるなら、やめないぞ」

「そんなこと言ってるけど、もうやめられないって顔……してます……」

「そんな顔にさせたのは誰だ？」

直後、一馬の腕が腰に周り、ひょいと抱き上げられる。

驚いて彼の身体に強く縋ると、小さな笑い声が響いた。

「安心しろ、落としたりしない」

そのまま軽々と寝室のベッドまで運ばれ、優しく横たえられる。

すべてが手慣れていて、経験値の差を感じる。同時にこの人は今まで何人の女性と夜を共にしたのだろうかと思わずにはいられなかった。

（こういうことに慣れてるんだとしたら、きっとすぐに私には飽きちゃうんだろうな……）

彼氏になると言う宣言も、きっとそう長くは続かない。

優衣に一馬を満足させられるスキルがあるとは思わないし、そもそも自分にはかわいげがない。

この年まで異性に言い寄られたこともなく、迫ってくるのは幽霊ばかりという有様だ。

そんな女に本気になるなんて、絶対にあり得ない。今は責任をとると言ってるけど、すぐ後悔するに違いない。

（だとしたら逆に、今のうちにいっぱい霊力を渡しておいた方がいいのかも……）

彼が優衣の魅力のなさに気づけば、身体を重ねることを苦痛に思うかもしれない。

でも彼の身体を綺麗にするためには、きっとまだまだ時間がかかる。なら彼の熱が冷めないうちに、少しでも身体を重ねておいた方がいいのではないかという気がした。

（好きじゃないって顔されたら、やっぱり嫌だし……）

恋人のように触れられる心地よさを覚えてしまった今、彼と義務感だけのふれ合いをするなんてきっと耐えられない。

だから今のうちに、一馬が優しいうちにと優衣は彼のシャツに手を伸ばした。

「脱がせてくれるのか？」

「……が、頑張ります」

言ってはみたものの、緊張で上手くボタンが外れない。それを愉快そうに見つめながら、一馬が優衣の腰に手を回す。

ズボンを脱がせるつもりなのだとわかり、今更のように自分の色気のなさが気になってくる。

着心地を重視して選んだ淡いブルーのハーラムパンツは、足首のところが少し開いているものの、色気を醸し出すタイプのデザインではなかった。

優衣の持っている服は小春の店で浮かないようにと集めたエスニックな物がほとんどで、その上着心地の良さや動きやすさの方を重視している。男性が好むわかりやすく可愛い装いではない。

これはこれで可愛いと優衣は思っているが、一馬のようなハイソな男が好む服装だとは思えなかった。

「脱がせ甲斐のない服で、ごめんなさい……」

「そうか？　俺は悪くないと思うが」

「でもスカートでもないし、無柄のTシャツにカーディガンとか……味気ないですよね」

「そんなことはない。むしろすごくそそる」

最後はあえて耳元で囁き、一馬は優衣をドキリとさせる。

「よく似合っているから、脱がせるのがもったいないくらいだと思っていた」

「ほ、本当に思ってます？」

「俺は、見え透いた世辞は言わない」

そう言うと、一馬はあえてズボンを脱がさず手だけを差し入れ下着に触れる。

「それに着たままするのも、良さそうだ」

「え、このまま……ってことですか？」

「乱し甲斐のある服だしな、こういうのも悪くはないだろ？」

そう言うと、一馬はもう片方の手でシャツをブラごと上へと引き上げた。

そして身体を倒し、露《あら》わになった乳房に唇を寄せる。

「……あ、噛《か》むの……は……」

「安心しろ、痛くはしない」

宣言通り、一馬はどこまでも優しく舌先で乳首をこねる。時折歯を立てながらも、痛みはない。

焦《じ》れったいほど丁寧な舌使いに、なんとも言えないこそばゆさが全身を駆け抜けた。

（どうしよう、これ……気持ちいいかも……）

そそり立った頂にしゃぶりつかれると、腰の奥から甘い痺れと蜜が溢れ出す。

思わず太ももをこすり合わせていると、下着の上から花芽をつんとつつかれる。

「こっちも触ってやるから、足を開け」

「いま、触られたら……だめになりそう……」

「なればいい。昨日みたいに、甘く乱れる優衣がみたい」

乳房に顎を乗せて、一馬は甘く微笑んだ。なんとも卑猥《ひわい》な光景なのに、彼の笑顔に身体だけでなく心まで
キュンと疼く。

「ほら、足を開けよ。ちゃんと可愛がってやる」

声も眼差しも蕩けそうなほどの色気に満ちていて、優衣は魅入られたように頷いてしまった。

膝を立てた状態でおずおずと足を開くと、下着の上を一馬の指がゆっくりと撫でる。

「もう濡れ始めてる……。君は、感じやすいな」

「ご、ごめんなさい」

「謝るな。むしろ褒めてる、嬉しいよ」

湿った布の上から、一馬がゆっくりと襞を撫でる。

張り付いたショーツは卑猥な形にくぼみ、薄い生地に淫らな染みが広がっていくのを感じる。

「や……汚れちゃう……」

「問題ない」

「でも、ぐちょぐちょで……ッ」

「君の言葉選び、それわざとなのか?」

言うなり、花襞を擦りあげる指が強さを増す。

「あっ……なんで、強く……ッ」

「もっとぐちょぐちょにしてやりたくなった」

布の上から花芽を執拗《しつよう》に擦られ、優衣は思わず腰を跳ねさせる。

その動きでずり下がったズボンを、一馬が引き下ろす。

太もものところでかろうじて止まったが、濡れた下着が一馬の前に晒《さら》されてしまった。

「待って……見ないで……」

「こんなに可愛く濡れてるのに、無視なんてできるか」

下着の上から、一馬の指がぐっと襞を押し開いた。蜜を吸い込んだ布地ごと、優衣は一馬の指を僅かに呑み込む。

「だめ……、汚れちゃう……」

「汚せばいい。服もシーツも、いっぱい濡らせばいい」

溢れ出す蜜は、下着だけでなく太ももをも濡らし始める。

まるで漏らしたかのような有様に、優衣は思わず顔を手で覆った。

「恥ずかしい……やだ……」

「でも、気持ち良いんだろ?」

「いい……から……もっとやなの……。こんな、自分ばっかり……」

「なら、ここで俺を受け止めてくれるか？」

グチュグチュになったクロッチをずらし、一馬の指が直に襞を撫でる。

途端に愉悦が大きくなり、優衣は喉を反らしながら喘いだ。

（……布の上から触られるのと、全然違う……）

薄手のショーツは、頼りないながらもしっかりと秘部を守ってくれていたらしい。

布越しでは感じられなかった指先の熱が蜜と溶け合うと、隘路がヒクヒクと震え出す。

感度が増しているのか、優しく擦られただけで優衣ははしたなく悶《もだ》えた。

早く中に欲しいと言う気持ちが勝り、昨晩のように意識がぼんやりし始める。

「ゆっくりほぐすつもりだったのに、もうこんなに柔らかいんだな……」

甘い吐息を吐き出しながら、一馬が入り口を押し広げる。

「はや……く……」

「欲しいのか？」

「欲しい……欲しいの……」

先ほどまで感じていた恥じらいは消え去り、一馬と繋がりたいという気持ちが止まらなくなる。

でも初めての時とは違い、すぐさま自分の言葉にはっとする。

「私……こんな……」

「いいよ、ねだってくれて嬉しい」

「でも、言うつもりじゃ……なくて……」

ねだるつもりもなかったと震えていると、一馬が一度指を引き抜いた。

それから優衣の顔の横に腕をつき、心配そうに覗き込んでくる。

「怖いなら、無理はしなくて良い」

「わからない……でもいま……口が勝手に……」

一馬と見つめ合うと、またさらに卑猥なおねだりをしてしまいそうで、優衣は慌てて顔を背けた。

すると一馬が、なだめるようにそっと頬を撫でる。

それだけでびくんと跳ねる身体を見て、彼もまた優衣の異変に気づいたらしい。

「そういえば、最初の時もすごく過敏だったな。優衣は守人だから、俺のために奉仕してくれてるのか?」

問いかけに、優衣は肯定も否定もできなかった。

「……好きだって気持ちも、もしかして偽物だったりするのか?」

続いてこぼれた声は、一馬のものとは思えないほど悲しげだった。

慌てて正面に目を戻すと、まるで悔やむように彼の顔が歪んでいる。

そのまま一馬がゆっくりと身体を離そうとしていることに気づいて、優衣は慌ててぎゅっと彼に縋りついた。

「す、好きなのは……本当ですから……」

だから行かないでと、縋る力の強さに誰よりも優衣自身が驚く。

でも先ほどの言葉とは違い、何かに言わされた言葉ではないという不思議な確信があった。

(今、離れたくない……離したくない……)

何よりも、一馬にこんな悲しそうな顔をさせたくないという気持ちで強く彼を抱きしめる。

そんな優衣の反応に、強ばっていた一馬の身体から緩やかに力が抜けた。

「疑って悪い。偽物じゃなくて、よかったよ」

一馬の方からも強く抱きしめられ、優衣はほっと息をつく。

「ちゃ、ちゃんと好き……ですから」

「わかってる」

「本当に……?　辛い気持ちになってません……?」

「なってない。むしろ、熱烈な告白にちょっと動揺してる」

証明するように、少しだけ身体を離し一馬は微笑んでくれる。

それに安堵して、優衣はもう一度ぎゅっと一馬を抱きしめる。そうしているとまた熱が上がってきて、優衣は僅かに身もだえた。

「でも、感じやすいのは君が守人だからなんだな」

「かも、しれません……。一馬さんは、触れてる時おかしくなったりはしませんか?」

「こういうことを他人と比べるのは失礼かもしれないが、今までよりもずっと気持ち良いのは確かだ。勝手に身体が反応している感覚はないけど」

「……じゃあいつも通りなんですかね」

「いつもは、相手をこんなにも可愛く思わないけどな」

言うなり唇を奪われ、優衣は目を見開く。

「キスも、愛撫《あいぶ》も、正直面倒だと思っていたくらいだが、優衣にはたくさんしたい」

「やっぱり、何かおかしくなってるんじゃ……」

「むしろ正常だろ。恋人同士なら、もっと甘やかしても良いくらいだ」

言うなり胸を強く揉まれ、優衣はひゃっと悲鳴を上げる。

「だ、だめです……。ちょっと触られただけて……おかしく、なりそう……」

「確かに、少々過敏すぎるな。守人として相手を受け入れやすいようになってるんだろうか」

「私はこういうことに慣れていないし、拒否反応が出ないようになってるのかもしれませんね」

「逆に困るな。これじゃあ本気で触れない」

「こ、これ以上の……本気があるんですか？」

「まだまだだろ。それにどうやら俺は、可愛い子には執拗なほど触って喘がせたいタイプらしい」

「ま、真顔でそんな恥ずかしいこと言わないでください……っ！」

この人はこんなことを言うようなキャラだっただろうかと優衣は混乱する。

一馬こそなにか不思議な力が作用しているのではないかと疑うが、それを尋ねるまもなく胸の愛撫が再開されてしまう。

「あ……待って……ッ、あぅ……」

「安心しろ、本気ではやらない」

「でも、今でも十分……ッ、気持ち良すぎて……」

「おかしくなりそうか？」

コクコクと頷くと、一馬の目が妖しく細められた。

その間も、胸への甘い責め苦は止まる兆しがない。

「なら一度達《い》けばいい。どれくらい加減が必要なのか調べたいしな」

「し、調べるって……まさか……」

「君の全身に触れて、加減の仕方を覚えよう。昨日の今日だし、やはり受け入れてもらうのは悪いしな」

「いや、でも……私は別に……」

「もちろん、どうしても欲しいと言うなら最後に望むものは差し上げよう」

わざとらしい丁寧口調に、優衣は真っ赤になった顔を手で覆う。

「一馬さん、今日はなんだか意地悪です……」

「意地悪じゃない。ただ、君を可愛がっているだけだ」

言うなり、一馬の指が優衣の花襞へと戻ってくる。

あえて大きな音が立つよう乱暴に襞をかき分け、太い指は入り口を撫で擦《さす》る。

どうやら優衣は、胸以上に襞を攻められると弱いらしい。

入り口を軽くかき回されただけでたまらない気持ちになり、瞬く間に上り詰めてしまう。

「あ、きちゃう……だめ……」

「優衣は、ここをかき回されるのが好きなんだな」

「好き……す、き……ッ、うぅ……こんなこと……言いたく、ないのに……」

「むしろ言って欲しい。俺の手で気持ちが良くなってくれると、嬉しいからな」

そんなことを言われると、自分の心につけた枷《かせ》があっという間に外れてしまう。

「……ほんとうは、もっと……」

「触って欲しいんだな」

「奥まで……さわって、ください……」

優衣の望みを叶えるために、一馬の指が隘路をぐっと押し開く。

期待に戦慄《わなな》く肉襞は彼の指を易々《やすやす》と呑み込んだ。

ぐぷり、ぬぷりと卑猥な音を立てて指を抜き差ししながら、肉襞を指先で刺激し蜜を掻き出されるとたまらなかった。

「あぅ、もう……私……」

「我慢するなよ。好きなだけ、達けば良い」

そう言う一馬の笑顔があまりに甘くて、胸がキュンと甘く疼く。

胸の疼きは愉悦を大きくする作用があるのか、一馬の指の感覚がより鮮明に感じ取れた。

気がつけば二本に増やされた指が、優衣の隘路に潜む愉悦の源を探り当てる。

「ほら、可愛い顔を見せてくれ」

差し入れられた指が、胎内で激しくうごめく。同時に熟れた花芽を擦られ優衣は限界を超えた。

「あッ、ああ…ッ——！」

その瞬間身体を大きく跳ねさせながら、瞬く間に絶頂へ押しやられる。

世界が白く爆《は》ぜ、感じるのは一馬がもたらしてくれた法悦だけだった。

「……ッ、……かずま、さん……ッ」

身体を弛緩させながら、優衣は無意識に一馬の名を呼んだ。

「その可愛い声を、今日はいっぱい引き出してやるからな」

耳元で囁かれた声の甘さに、優衣は無意識に微笑む。

艶《あで》やかに色づき始めた笑みが一馬を刺激するともつゆ知らず、彼女はもう一度彼の名前を呼んだ。

それを合図に再開された愛撫が朝まで続くことを、優衣はまだ知るよしもなかった。

第五章

カーテンの隙間から差し込む光にまぶしさを覚えながら、優衣は目を開ける。

光から逃れるように寝返りを打つと、身体のだるさに小さな呻《うめ》き声《ごえ》が漏れた。

そのままゆっくりと目を開けて、彼女は思わず息を呑んだ。

(今日もまた、やってしまった……)

記憶が正しければ、今日はホテルに滞在し始めてから三日目の朝である。

そして今目の前にあるのは一馬の鎖骨《さこつ》だ。そこに自分がつけた口づけの後を見つけ、優衣は頬を赤らめる。

このところほぼ毎晩、二人は身体を重ねている。

最初の晩に「加減の仕方を覚える」とか言っていたくせに、一馬のふれ合いは執拗で激しく、最初の二日はろくに動けなくなるほど責められた。

昨晩はほどほどにして欲しいと土下座までしたおかげで手加減をしてくれたけれど、やっぱり身体は重い。

(もう少し寝たいけど、そしたらまた昼過ぎまで寝ちゃいそう……)

しかしそれはあまりに自堕落《じだらく》すぎると思い、優衣はそっとベッドから抜け出す。

まだ眠っている一馬を見ると、身体の痣はだいぶ小さくなっていた。

完全に消えるにはまだ時間がかかりそうだが、それでも痕が濃く残っているのはもう右腕だけだ。

(消えるまで、毎日するのかな……)

そんな考えと共に、腰の奥が何かを期待するように甘く疼く。

自分の反応に戸惑いと恥ずかしさを覚えながら、優衣は床に落ちているバスローブを慌てて羽織った。

一馬と抱き合ってから、優衣の身体は日に日に快楽に弱くなっている。

(それにしても、なんであんなに気持ち良いのよ……。普通は、もっと辛くて痛いものなんじゃないの?)

身体を重ねることが霊力を与える行為の延長線上にあるせいか、一馬に触れられると優衣は抗《あらが》えない。そして毎回得も言われぬ心地よさを感じ、激しく乱れてしまうのだ。

特に深く繋がっている間は自分が自分でなくなるような感覚も有り、夢中で一馬を求めてしまう。

その事に最初は僅かな恐怖を抱いていたが、それを知った一馬のふれ合いは常に優しく、激しいながらも無理強いはしてこない。

ちゃんと優衣の意思を確認し、どこまでも大事に扱ってくれるため、今では身体だけでなく心の一部も彼との行為を待ち望んでしまっている。

彼を救うためという大義名分があるとはいえ、触れあいを望むなんてはしたない。

そう思うのに、次もまた優衣は一馬のキスに負けてしまう予感がした。

「……とはいえ、ホテルでセックスする毎日なんて、さすがにまずいわよね」

バーカウンターに置かれたコーヒーメーカーの電源をいれながら、思わず独り言をこぼす。

家にいた頃は掃除や料理など家事仕事があったが、ここではすべてホテルまかせだ。

そのため優衣のやることは、朝にコーヒーを入れ、もうすぐ届くルームサービスを部屋の中に入れるくらいのものである。

そんな毎日はさすがにいたたまれない。

オカルトショップの店番も仕事とは言い難かったけれど、それでも今よりはやることがあった。

（やっぱり、何か仕事見つけたいな）

より強く思うのは、一馬の会社でアルバイトをしたことで、久々に労働の喜びを感じてしまったからだろう。

元々優衣は、働くことは好きなのだ。

ＯＬ時代は楽しかったし、まだ再就職はできていないけれど、やはり暇な店番よりは働きがいのある職場につきたいという思いもある。

（しばらくホテル暮らしなら、何か短期のバイトでも入れようかな。たしか書いたままの履歴書鞄に入れっぱなしだったよね……）

この際もうコンビニのアルバイトでもいい。このホテルの周辺にはコンビニが多いし、外国人客も来るだろうから、持ち前の語学スキルも役立つだろう。

とにかく自堕落な日々を終わらせようと決意して、鞄の奥から履歴書を引っ張り出す。

就職活動向けに書いてあった物だが、せっかくならこれを再利用しようと考えていると、不意に大きな手がそれを抜き取った。

「なんだ、これは？」

途端に、不機嫌な声が頭上から降ってくる。

恐る恐る上を見れば、背後から優衣を抱き寄せた一馬が不機嫌そうに顔をしかめている。

「婚姻届でも用意しているかと期待したのに、どういうつもりだ」

「そ、そんなもの用意しませんよ！」

「なぜだ。君は、俺が好きなんだろう」

「好きですけど、恋愛と結婚はまた別でしょう」

当たり前のことをいったつもりなのに、一馬の機嫌はさらに悪くなっていく。

「じゃあ俺との関係は遊びか」

「あ、遊びとかじゃないです。だからこそ、こういう愛人みたいな生活は嫌なんです」

強く言えば、一馬はようやく怒りをおさめる。

それから、優衣の手から奪った履歴書をしげしげと見つめた。

沈黙が辛くなり、優衣は一馬の腕にそっと触れる。

「もちろん除霊もします。でも人として、自堕落に過ごすのは嫌なんです。ちゃんと働きたいんです」

だめですか？　と一馬を見上げながら問いかけると、彼は苦虫をかみつぶしたような顔をする。

「……ちなみに、どこで働くつもりだった」

「とりあえずはコンビニとか飲食店とか、すぐ働けそうな場所にしようかなと」

「つまり、職種は問わないんだな」

「いずれはちゃんとした会社に就職したいですけど、とりあえず今はどこでも良いかなって」

「わかった、なら俺が探してやる」

「……へ？」

予想外の言葉に戸惑っていると、一馬は電話を片手に寝室へと戻ってしまう。

（え、探すってどういうこと……⁉　私、一体どこで働かされるの⁉）

不安はつきないが、履歴書は奪われたままだ。

こんなことなら職探しはこっそりするんだったと思ったが、後の祭りである。

◇◇◇　　◇◇◇

「やった――――優衣ちゃんだ――――！」

「触れるな荻野。優衣が穢《けが》れる」

クラッカー片手にはしゃいでいる荻野を手で押しのけながら、一馬が不機嫌な顔で呻く。

その様子を見ていた優衣は、この日一番の間抜け面で固まるばかりだった。

「あの、一馬さん……これは……」

「仕事が、したいんだろう」

「でもここ、一馬さんの会社です」

それも数日前にアルバイトをした、ファンタジーゲートの開発室である。

仕事を探してやると言う一馬に同行したところ、連れてこられたのはこの場所だった。

てっきり出かけるついでに会社のお祓いでもさせるつもりかと思ったのに、待っていたのは荻野やゆかりを中心とする開発陣からの熱烈な歓迎である。

「君は妙なところでそそっかしいし、コンビニも飲食店も向いてない。だから、目の届くところに置いておく」

「でもゼディアゲームズって業界一入るのが難しいって聞いてますよ。私なんか入社できるわけが……」

「入るのが難しいのは、荻野の選考が厳しいからだ。でもその点、君はクリアしてる」

一馬の言葉に、彼の後ろで荻野が頷いた。

「アルバイトの時から、優衣ちゃんのこと欲しいって思ってたんだよ。ファンタジーゲートの設定にあれだけ詳しい子は中々いないし、ゲームのチェックも細かくてめっちゃ助かったし、その上開発室の除霊までできちゃう人材、ほっとくわけないでしょ！」

「いやでも、最後のはともかくゲームに詳しいのは遊びの延長みたいなもので……」

「むしろゲームを目一杯遊んでくれてる子が欲しかったんだよ。うちの会社、無駄に名前が売れたせいで高学歴だけどゲームやったことありません！　みたいな人ばっかり来るんだよね……」

親会社が大手出版社だということもあり、意外にもゲーマーは応募してこないのだと荻野はこぼす。

「そういうのを跳ねてたら、東大卒でも入れない会社だとか書かれちゃうし。余計にゲーム好きな子が来なくなっちゃってさ」

デザイナー系の職種はともかく、他の部署はいつも人手が足りないのだと言う声に嘘はなさそうだった。

「と言うことで、採用です！　おめでとう！」

さらに三つもクラッカーを出してくる荻野に、優衣は「は、はいぃ」と情けない声を出すが精一杯だった。

突然のことに心がついて行けないし、一馬が社長であるためなんだかずるをしてしまった気持ちにもなる。

だがそんな気持ちを見透かしたように、一馬が優衣の肩を優しく叩いた。

「こう見えて荻野は仕事に厳しいいし、変人だし、えり好みも激しい。そんな男に認められたんだから、もっと誇れ」

「変人は、いらないいんじゃない？」

荻野がすかさず突っ込んだが、一馬は発言を改める気はないらしい。

彼を無視し、雇用に関する条件を矢継ぎ早に告げていく。

小難しい説明が終わると、今度は荻野が優衣の机に案内してくれた。

「とりあえず、試用期間中はデバッグをお願いすることになると思う。本当は世界設定とかシナリオ班に来て欲しいんだけど、あいかわらずデバッグの人手が足りなすぎるから人を増やすまで待っててね」

「いえ、デバッグのお仕事だって私には十分すぎるほどですし……」

むしろゲームの根幹に関わる仕事なんてと言おうとしたら、荻野ににっこり笑われる。

「『自分の能力を過小評価しない』が、うちのルールだよ。この前一緒に仕事してて思ったけど、優衣ちゃん文章をまとめるの上手いし、問題や提案の伝え方もすごい上手だった」

「でもシナリオとか、書いたことがないですし」

何より自分はコミュ障なのだと、優衣は強く言う。

「一馬にはあれだけ言いたいこと言ってるのに？」

「一馬さんは、例外なんです。でも他は全然で、ゲームでもボイチャ全然使えませんでしたし、唯一の趣味も下手な漫画をこっそり書くことくらいだし」

「その漫画もめっちゃ面白かったよ。ゆかりに薦められて読んだけど、あれも採用の決め手」

「ほ、本当ですか……？」

「うん。ただ絵は下手すぎるけど」

ですよね、と思わず優衣は苦笑を漏らす。

「でもお話作りはバッチリだし、たぶん小説とかシナリオの方が向いてるよ」

荻野が熱烈にくどき始めると、そこにゆかりもやってくる。

見れば、彼女の手には一馬に奪われた優衣の履歴書が握られていた。

「ねえ優衣ちゃん、外語大出で英語もできるってほんと？」

「は、はい。あと一応、前職は外資系でしたけど」

「よし荻野さん、デバッグと言わずすぐうちの班によこして！」

秒でよこしてと言い出すゆかりに、優衣は目を白黒させる。

そんな彼女に、荻野が苦笑する。

「ファンタジーゲートは、アメリカやヨーロッパでも展開してるから、ローカライズの作業も膨大で複雑なんだ。でもうちのシナリオ班はみんな英語駄目でさ。ローカライズチームの連携がイマイチなんだよね……」

荻野が間に入っているし、ゼディアゲームズのローカライズチームは日本語もかなり堪能な方だが、それでも台詞や用語の一部が上手く翻訳できておらず、ゲーム配信前にもめることも多々あるらしい。

「うちは、世界中のプレイヤーに同じゲーム体験をしてもらうのが目標だ。そのためにも、多言語に強い人材が欲しかったんだ」

確かに優衣は英語には自信があったが、そこでふと気づく。

「でしたら、むしろローカライズチームに配属されたほうが自然なのでは？」

「それも考えたけど、一馬に却下されたんだ。ローカライズチームは海外の出張が多いから、絶対駄目だってさ。職権乱用だよねー」

そこでにやりと笑われ、優衣は荻野の言わんとしていることに気づく。

「まあ優衣ちゃんには開発室の除霊もお願いしたいし、ここにいてもらうことにしたわけ」

「そ、そうですか」

「ということで、さくっとキスしてくれないかな？　奥の会議室に色々たまっちゃって、大事な会議ができないんだよね」

荻野の言葉に優衣が真っ赤になっていると、そこで一馬に抱き寄せられる。

抗うまもなく唇を奪われ、途端に周りから口笛や黄色い悲鳴が飛ぶ。

「ちょ、人前ですよ!」

「前も見せただろ。それにこれは仕事だ」

「でも、き、キス……ですよ!」

「これよりもっとすごいキス、何度もしてるだろ」

最後の一言は優衣だけに聞こえる声だったが、だからこそ恥ずかしさがこみ上げてくる。

無駄に甘い声を耳元で囁かれて、平常心を保てるわけがない。

しかし一馬はどこまでも涼しい顔で「あとはがんばれ」といって開発室を出て行ってしまう。

それに文句も言えず、優衣は去って行く背中をにらみつけることしかできなかった。

◇◇◇　　　◇◇◇

ゼディアゲームズでの初日は、怒濤《どとう》の勢いで過ぎていった。

作業についてはアルバイトの時とさほど変わらないので問題はなかったけれど、ゆかりを筆頭に誰もかれもが一馬とのことを聞きたがるため、休憩時間のたびに事情を説明する羽目になる。

特に隠さなくて良いと一馬からは事前にいわれていたし、下手に嘘をつくよりも事実の方がよっぽどフィクションに近い。

そのためどうせ信じられないだろうと思い「実は祖母が……」と守人のくだりから馬鹿正直に話してみると「漫画みたいだ」と意外にも受け入れられて驚いた。

ゲームを作っているくらいだから、彼らはオカルトな話にも理解があるのだろう。むしろ理解がありすぎて、中二病を拗《こじ》らせたような人も多い職場故、優衣の話はするっと受け入れられてしまったのである。

幽霊のせいで前職をクビになった優衣にとっては僥倖《ぎょうこう》だが、ひとつだけ納得できないこともある。

(でも、なんでみんな私が一馬さんの婚約者って思い込むのかなぁ)

たんたんと起きた事を話しているだけなのに、「じゃあもうすぐ結婚ね!」とか「あの社長に溺愛されるなんてすごい」などと言われるのである。

彼の対する感情については何も話していないのに、周りの人々は二人をラブラブなカップルだと思い込んでいるのだ。

(やっぱりキスがいけないのかな。次は絶対、人目につかないところでしてもらおう……)

そんなことを思いながらも仕事はきっちりこなし、気がつけば初日の勤務は終わりを迎えた。

アップデート前は残業もあるが、ゼディアゲームズの就業時間は午前十時から午後六時までで、就業規則も意外と厳しい。

基本的には十八時で全員退勤というのが義務付けられており、長居していると人事部が乗り込んできて無理矢理パソコンの電源を落としに来るとの事だった。

ゲーム業界というと残業徹夜が当たり前にはびこるブラックなイメージがあるが、ゼディアゲームズの働き方はクリーンだった。

すべては一馬の方針らしく、社員の健康と安全を第一に考えたスケジュールで開発を行っているらしい。

なので十八時になると、開発室に残る殆どの社員が帰り支度を始める。

荻野自らに「上がって良いよ」と声をかけられた事もあり、優衣もまた周りのスタッフと話しながら帰り支度を整えた。

（そういえば、一馬さんは何時に上がるんだろう。まだ、お仕事残ってるのかな？）

そんなことを考えてから、優衣ははっと我に返った。

（いや別に、一緒に帰る必要ないよね。ホテルのカードキーは持ってるし、電車ですぐだし……）

行きは車だったとは言え、今の優衣は一社員。社長と一緒に帰るというのもなんだか変だ。

とりあえず先に帰ろうと決め、優衣は開発室を後にした。

（……あれ？）

だがビルのエントランスまで来たところで、不意に妙な視線を感じる。

思わずあたりを見るが、退社するスタッフの中には見知った顔はない。それに皆、優衣になど目もくれず
それぞれが足早で歩いて行く。

（気のせいかな……）

そう思ってビルを出ると、やはりまたどこからか視線を感じる。

もしや幽霊なのではという考えがよぎり、優衣の背筋が凍る。それもまた、あの女の霊だったらと思うと、思わず足がすくんだ。

（いやでも、こんな人の多い場所で襲ってくるわけないよね）

それにあのときとは違い、優衣は小春からお札やお守りももらっている。それを握っていれば、並大抵の霊は悪さをしてこない。

（大丈夫、絶対大丈夫……）

自分に言い聞かせながら、お守りを取り出し大きく深呼吸をする。すると妙な視線は消え、代わりにすれ違う人々から不審な目で見られた。

人の多い場所で立ち止まるのはまずいと今更気づき、優衣は慌てて駅の方へと歩き出そうとする。

だがそのとき、突然誰かが優衣の肩をぐっとつかんだ。

ぎゃああと情けない悲鳴を上げると、大きな掌《てのひら》で口を塞がれる。

「いくらなんでも、その反応はないだろう」

耳元でこぼれたのは一馬の声で、優衣は慌てて悲鳴を飲み込む。

「きゅ、急に触らないでくださいよ」

「君が俺を置いて勝手に帰ろうとするからだろう」

ムッとした顔をする一馬に、優衣の方も不満を覚える。

「だって、一緒に帰る約束もしてないですし」

「なんだ、約束しなかったことを拗ねてるのか?」

「拗ねてないです。そういう一馬さんの方こそ、帰りが別々になったくらいで拗ねないでください」

「拗ねてない」

そういう声は明らかに拗ねている。

こんなに子供っぽい人だっただろうかと呆れる一方、そこでさりげなく手を繋がれてドキッとする。

「ただ、怒ってるだけだ。一人で帰って、また幽霊に襲われたらどうする」

「大丈夫ですよ、今はおばあちゃんのお守りもありますし」

「万が一って事もあるだろ」

「でも一馬さんがいたって除霊できるかはわからないですし」

「キスすれば、なんとかなるかもしれないだろう」

前回襲われた時はキスする余裕がなかったが、いざとなれば優衣の霊力を引き出してやると一馬は意気込んでいる。

「だからできるだけ一人になるな。行きも帰りも、必ず一緒だ」

そこできつく指を絡められ、繋いだ手が恋人繋ぎの形になる。

すれ違う人の中にはゼディアゲームズの社員もいるのにと慌てているが、一馬は全く頓着しない。

「恋人なら、手くらい繋ぐだろう」

「でも、こんな往来で……」

「俺は別にキスだってできる」

「は、破廉恥《はれんち》な！」

「おい、それは死語だぞ」

真顔で返され、優衣はなんとも言えず悔しい気持ちになる。

（なんでこの人、こういうこと平気でできちゃうんだろう……）

高校からアメリカにいたというし、スキンシップが国際基準なのだろうかと考えたところで、金髪美女と抱き合う一馬の姿が頭をよぎる。

途端に胸の奥がモヤモヤとして、拗ねた気持ちが大きくなる。

「なんだよ、今度は何に怒ってる」

気持ちが顔に出ていたのか、歩き出しながら一馬が尋ねる。

「別に、怒ってないです」

「怒ってる声だろ」

「ただ、恥ずかしいだけですよ。一馬さんにはこういうの普通かも知れないけど、私は男の人と手を繋ぐのとか初めてだし……」

苛立ちを認めるのが嫌でそういえば、なぜだかそこで一馬がふっと笑う。

「そうか、俺が初めてか」

「もしかして、馬鹿にしてます？」

「いや、可愛いと思っただけだ」

てらいのない言葉に、優衣は思わず息を呑む。

「緊張しすぎて手汗まみれだし、不慣れなところが可愛い」

「い、いちいち言わないでください！　っていうか汚いから放してください！」

「可愛いっていっただろ。だから、外さない」

それどころかより強く握られ、優衣は悲鳴を上げそうになる。

「無理……しんどい……。世の恋人は、なぜこんな苦行を……」

「とかいって、本当は嬉しいんだろ？」

そこでそっと耳元に唇を寄せられ「俺のことが好きなくせに」と囁かれる。

違うと言いたかったのに、見上げた一馬の顔はなんだかとても嬉しそうで、否定の言葉が出てこない。

どこか甘さを滲《にじ》ませた笑顔は、まるで本物の恋人に向けるような顔だ。

（こんな顔するなんて、聞いてない……）

最初会った時はあんな気難しそうな男だったのに。

恋をするつもりはないと言っていたのに、優衣に見せる顔はドラマに出てくるイケメン俳優よりも甘い。

その顔を正面から見ていると、彼のためについた嘘が別の形に変わってしまいそうで優衣は怖かった。

思わず顔を背けると、「照れるなよ」と笑われる。

その声さえも甘く聞こえてくる自分は、もうすでに色々手遅れなのかもしれなかった。

一馬の恋人対応は、とどまるところを知らなかった。

むしろ日に日に甘さを増していく彼の一挙一動に戦々恐々《せんせんきょうきょう》とする日々である。

◇◇◇

そんな一馬の様子は社員の目から見ても異常なようで、今日も優衣は社食でゆかりとミアというローカライズ班の女の子から質問攻めに遭っていた。

「あの堅物社長、どうやって手なずけたのか今日こそ教えてよー」

「いやべつに、手なずけては……」

「やっぱり、除霊のキスのおかげ？　あれって、やっぱり普通のキスよりすごいの？」

『優衣って、見かけによらずテクニシャンなの⁉』

仕事を始めてから今日で二週間だが、国籍も使用言語も違うこの二人と優衣はいつもお昼を共にしている。

ちなみに最初は一馬に「いっしょにどうだ」と言われたが、それは頑なに拒否した。

彼も普通に社食に来るが、隣には荻野がいることも多いし、顔面偏差値が狂った二人に囲まれて食事なんて冗談ではない。

開発室のみんなと親交を深めたいと言い張り、お昼まで纏わり付かれることだけは回避した。

ただ、稀に例外はあるが。

「優衣、肩が重い……」

自分が話題の中心であるとわかっているはずなのに、一馬が側までやってくる。

見れば彼の背中には、小動物ばかりが十匹も乗っていた。

「それ、どこで拾ってきたんですか……」

「雑誌の対談で別のゲーム会社にいったら、とんでもない魔窟《まくつ》だった……」

一馬も一応小春のお守りを持っているが、どうやらあれは人の霊にしか聞かないらしい。故にこうして、相も変わらず小動物を引き連れてくることは多々あった。

気の毒な気はするが、それでもここは食堂である。

「どれも無害な動物霊ですし、ご飯くらいゆっくり食べさせてください」

「祓ってくれ」

「いやですよ、食べた後にしてください」

「なら、強引に奪うぞ？」

途端に優衣は顔を引きつらせ、ゆかりとミアがきゃーと黄色い悲鳴を上げる。

その上どうぞどうぞと、一馬の前に突き出される始末だ。

途端に唇を奪われ、悲鳴はさらに大きくなる。

（みんな、受け入れすぎじゃない……!?）

イケメン社長とぽっとでの新人社員がキスなどしていたら、普通はもっと渋い顔をされてもおかしくない。

むしろ憧れの社長を奪いやがってと嫌がらせの一つでもされるかと思ったが、そんなことはなかった。それをいぶかしがったら「恋愛ドラマの見すぎ！」とゆかりたち女子社員からゲラゲラ笑われたほどだ。

そんな有様なので、唇が離れる最後の一瞬まで、大喜びで観察されてしまう。

「ありがとう。軽くなった」

甘すぎる笑顔を置いて去って行く一馬を見て、周りに座る女性たちがうっとりとため息をつく。

中には、優衣に良くやったと言うようにサムズアップする者までいた。

「いや、いいんですかこれ……」

「いいのよ！　社長のあんな甘い顔、そうそう拝めないいんだから」

ゆかりが、にこにこしながら言い切った。

「いやでも、会社の規律とか風紀が乱れたりは……」

「うち、そういうのがない緩い会社だもの。海外スタッフも多いし社内恋愛禁止じゃないからいちゃいちゃしてる奴もいるね。むしろ社長一人だけ堅苦しくて近寄りがたかったから、ほどよく柔らかくしてくれてありがたいくらい」

ゆかりのことばに、ミアもまた大きく頷いていた。

「ほどよくってレベルですか、あれは……」

「まあツンデレがデレツンになるくらいには豹変《ひょうへん》してるけど、元々ツンが多すぎる人だったから良いのよこれで」

『ツンデレキャラがデレるのは、正義です』

ミアにまで英語で熱弁されると、もはや何も言えない優衣である。

「それに、二人がキスするたび空気も綺麗になるしいいことづくしじゃない」

「元々食堂にはあんまりいないじゃないですか」

「でも、突然食堂のおばちゃんが発狂しなくなったし」

『不気味な影が、テーブルの下に潜んでたりもしなくなったよね』

「え、何それ怖い……」

優衣がドン引きすると、ミアも頷く。

『このビル、とってもクレイジーなの』

「クレイジーで片付けられないですよそれ。……さすがに引っ越しとかするべきですよ」

「計画はあったみたいだけど、そのたび恐ろしいことが起きてだめだったみたいよ」

『でも優衣がいてくれたら今度はできるんじゃない？』

「いや、私そこまで万能じゃないですから」

英語と日本語両方で無理だと叫び、優衣は頭を抱える。

「でもまあ、優衣のキスがあればひとまずは安心だし」

『そうだ、最近九階のトイレが出るって噂《うわさ》だからさくっとキスしてきてくださいよー』

ミアの無茶《むちゃ》ぶりに顔をしかめると、英語がわからないゆかりも「もしかしてトイレの話してる？」と乗ってくる。

「あそこ、結構ヤバそうだから、一回、真面目に優衣にお願いした方が良いかもね」

「トイレでキスって、なんかいかがわしくないですか……？」

「除霊のためなら良いじゃない」

「別にキスじゃなくても、おばあちゃんからもらったお札でどうにかできませんかね」

「キスの方が手っ取り早くない？」

「お札の方が簡単ですよ、貼るだけなんですから！」

絶対お札にしましょうと言うと、ゆかりにもミアにもつまらなそうな顔をされる。

(でもいま、絶対二人で個室とか入りたくない……！)

なぜなら一馬は、隙あらば優衣に甘く触れてくるのだ。

部屋に帰れば毎晩のように抱かれてしまうし、会社でも二人きりになると必ず激しいキスをされる。

この前なんて、たまたまエレベーターに二人きりになった瞬間、壁に押しつけられキスをされてしまった。

一馬はその後も平然と仕事に戻るが、優衣はそうもいかない。ゆかりやミアはもちろん、開発室には無駄に聡《さと》い荻野もいる。

『あー、今イチャイチャしてきたでしょ』などと平気で耳打ちしてくるものだから、毎回生きた心地がしないのだ。

あんな恥ずかしい目に遭うのは二度と御免だと思い、優衣はお昼をかき込むと勢いよく立ち上がる。

「私、早速行ってきます。今日を逃せばシルバーウィークに入っちゃうし、余計に変な物がたまっちゃうかもしれないので」

「えっ、でも一人で大丈夫なの？」

「社長と二人の方がもっと心配です」

そう言って、優衣は鞄からお札の束を取り出し一目散に食堂を出て行った。


しかしこういうときに限って、つくづく間の悪い事が起きる。

九階に上がろうとエレベーター待ちをしていると、最悪なことに一馬とはちあった。背後には荻野もおり、どうやら二人でこれから会議らしい。

「お札なんか抱えて、一体どこへ行くつもりだ？」

「別にどこも……」

「君は、嘘が下手すぎるな」

一馬が呆れると、荻野もまた心配そうな顔をする。

「もしかしてどっかに幽霊でも出た？」

「いや、それは……」

誤魔化す言葉が浮かばずもじもじしていると、さらに間が悪いことにゆかりが追いかけてくる。

「あれ、やっぱり社長にお願いすることにしたの？」

などと笑顔で言うものだから、もはや誤魔化すのは不可能だった。

どもる優衣に変わってゆかりがすべて話してしまい、必然的に四人で九階に向かう流れになる。

その間、一馬の機嫌は明らかに悪かった。

頼られなかったことに、多分へそを曲げているのだろう。

立ちのぼる怒気に優衣は内心悲鳴を上げるが、荻野とゆかりは素知らぬ顔をしている。というか、必死にこらえているが口元がニヤけている。これは絶対に面白がっている顔だ。

（一馬さんも、社員の前なんだからいつものツンツンキャラでいてよ！）

そんな可愛らしく拗ねた顔をするんじゃないと、心の中で一馬を叱る。

そうしていると、エレベーターが目的の階に到着した音がする。

「……あれ？」

けれど扉は開かず、荻野が怪訝な顔でボタンを押す。

カチカチと音は鳴るものの、扉が開く気配はない。

それどころか回数を告げる数字が消え、続いてエレベーターのライトがチカチカと点滅し始めた。

「え、なにこれ、こわっ……」

怯えた顔で、ゆかりが優衣の腕に縋りつく。

その間にライトが完全に消え、あたりは暗闇に包まれた。

「おい一馬、早く優衣ちゃんとキスしろよ！」

暗闇の中で、慌てているのは荻野である。

幽霊の気配はないが、何かがおかしいのは明らかだ。優衣は慌てて腕を伸ばし、一馬を探す。

『……あなたは、ふさわしくない』

だがそのとき、耳元で突然不気味な声がした。

側にいるのはゆかりのはずなのに、響いた声は彼女のものではない。

直後、伸ばした腕を強い力で引っ張られる。痛みのあまり持っていたお札を取り落とすと、消えていた電気が不気味に点滅を始めた。

激しいライトの点滅に目がくらむ中、横を見た優衣は息を呑む。

「ゆ、ゆかりさん……？」

優衣の腕に縋りついていたのは、ゆかりだった。

だがその目は血走り、腕をつかむ手は血が出るほど強く手首に食い込んでいる。

美しいネイルを血で汚し、優衣を見てにやりと笑う顔はどう見てもゆかりのものではない。

「あなた、誰……」

『あなたと同じ……ふさわしく、なイ者……』

直後、ゆかりの手が優衣の首をつかむ。そのまま きつく締め上げられ、呼吸ができない。

「おいっ、優衣から離れろ！」

封

一馬がゆかりに腕を伸ばすが、突然見えない力が彼をつき飛ばす。

激しい音がして、彼はエレベーターの壁に頭を強打しぐったりと倒れ込んだ。

「一馬！」

倒れた一馬に荻野が駆け寄るが、彼の身体もまた見えない力でドアまで投げ飛ばされる。

『今度こそ、消す……』

ゆかりの腕に力が込められ、優衣は苦しさのあまり倒れ込む。

その身体に馬乗りになりながら、ゆかりはなおも手を緩めない。

かすむ視界の中、笑うゆかりの後ろに何かが立っているのが見える。

でもその正体をつかむ余裕はもはやない。

（私、こんなところで……死ぬの……？）

恐怖と苦しさで目に涙がにじむ。

後悔と共に、なぜだか脳裏に一馬の笑顔が浮かんだ。

なんでこんな時にと思った瞬間、優衣に馬乗りになっていたゆかりの目が見開かれる。

「優衣から離れろ‼」

一馬の声と共に、ゆかりの身体がびくんと跳ねる。

見れば彼が、優衣が落としたお札をゆかりの身体に押しつけていた。

『……このコは、ふさわしく……ない……』

憎悪に満ちた声が響き、優衣の首からようやく手が離れる。

同時にがっくりと力を失ったゆかりの身体を、一馬と荻野が慌てて引き剥がした。

ようやく息を吸い込めたが、胸が苦しくて何度も咳《せ》き込み嘔吐《えず》く。涙をこぼしながら必死に酸素を取り込んでいると、一馬の腕が優衣を支え背中を優しくさすってくれた。

段々と呼吸は整い始めたが、恐怖は消えない。

思わず一馬に縋りつくが、そこで濃い血の臭いがした。

見れば、一馬の額からは血が流れている。

「一馬さん……血が……」

「俺は大丈夫だ。それより、君は平気か？」

頷くと、一馬がほっとした顔で優衣を抱きしめる。

彼の方こそ大丈夫なのかと問いかけたいのに、言葉は上手く出てこない。

そんな優衣に変わり、一馬のこめかみにハンカチを押し当てたのは荻野だった。

彼に一馬が礼を言うと同時に、まるで何事もなかったかのようにエレベーターが動き出す。

「……ん、あれ、どうしたの？」

エレベーターが昇り始めると、ゆかりがむくりと身体を起こす。

髪や服は乱れているもの、まるで一人だけ何事もなかったような顔をしている。

あまりにけろっとしているため優衣たちがぽかんとしていると、ゆかりがようやく異常に気づいたらしい。

「え……社長……!?　それに優衣ちゃん、どうしたの!?」

彼女は倒れている優衣と血だらけの一馬を見てぎょっとする。

「な、なんで!?　何があったの!?」

取り乱すゆかりの肩を叩き、落ち着けと苦笑したのは荻野だ。

「この分だと、なんにも覚えてないようだな」

「う、うん……。真っ暗になって、慌てて優衣ちゃんに抱きついたのは覚えてるけど……」

そこから先は何も覚えていないというゆかりに、荻野は怪訝そうに目を細める。

だが優衣は、彼女の言葉を信じることにした。

「本当だと思います。たぶん、さっきのはゆかりさんじゃないです」

優衣の言葉で、一馬と荻野は彼女の言いたいことを察したらしい。

ただひとり、ゆかりだけが泣きそうな顔で固まっている。

彼女に事情を説明したかったのに、そこでまた頭がぼんやりし始める。

どうやら張り詰めていた緊張の糸が切れてしまったらしい。

優衣の意識は遠のき始め、自分を呼ぶ一馬の声にも返事をすることができなかった。

◇◇◇　　　　◇◇◇

——許せない、絶対に……許せない……。
憎悪に満ちた声が、闇の中に響く。
その恐ろしさに、優衣ははっと目を開けた。
許せない、許せない、と響く声の方へと目を向けると、遠くに一人の女が立っている。
暗闇の中にぼんやりと浮かび上がる女は、和装に身を包み酷く美しかった。
声には憎しみがこもっていたが、その顔には怒りではなく悲しみが浮かんでいる。
泣きながら、彼女は誰かを必死に呪っていた。
恐ろしいのに、なぜだか放っておけない気持ちになり、優衣は女へそっと近づく。
だがいくら近づいても、女の姿は近づいた分だけ離れてしまう。
伸ばした手は届かず、女はより深い憎悪と悲しみに飲まれていく。
——許せない、許せない、許せない……。
言葉を一つ重ねるたび、白かった女の姿が黒く濁り始めた。
止めなければと思うのに、優衣は近づくことができない。
それでもなんとか近づこうと駆けだした時、誰かが優衣の手をつかんだ。
「……優衣！」
それが一馬の声だと気づいた瞬間、まばゆい光に包まれる。

驚いて目を開けると、そこには心配そうな顔で自分を覗き込む一馬の顔があった。

その顔が、僅かにほころぶ。ほっとした顔で、彼は優衣の手を自分の額にそっと押し当てた。

「あれ、ここは……」

そこで初めて、優衣は自分が寝かされているのが病院であることに気づく。

いつの間に運ばれたのだろうと考えていると、一馬が「会社近くの病院だ」と説明してくれた。

倒れた優衣と頭を切った一馬はここに運ばれ、一通りの検査を受けたらしい。

「俺も君も軽症だ、大事はない」

念のため今夜だけ病院に泊まれと言われているらしいが、病室を抜け出せるくらい一馬の方は軽症のようだ。

「そうそう、むしろ俺が一番重症なくらいだよー」

そして一馬から説明を受けていると、なんとものんきな声が響く。

そこで、優衣は荻野も部屋にいることに気づいた。その上彼は、右手を吊《つ》っている。

「その腕、もしかして折れたんですか⁉」

「いや軽い捻挫だよ。投げ飛ばされた時、変な手の突き方しちゃって……」

おかげでゆかりちゃんに泣かれちゃったと、荻野は苦笑する。

「そういえば、ゆかりさんは？」

「小春さんが付き添ってる。取り憑いた幽霊の影響がないかどうか、心配だから少し調べるそうだ」

一馬の説明に、優衣はひとまずほっとする。小春がついているなら、ゆかりはもう大丈夫だろう。

「優衣が倒れてすぐ小春さんが来てくれたおかげで、エレベーターでのことも彼女が大森に詳しく説明してくれた。大森も最初は混乱していたようだが、ひとまずは落ち着いたようだ」

「うんうん。俺の腕みて最初は泣いてたくせに、せっかくならもう三回くらい投げ飛ばせば良かったって言われちゃったよ」

「荻野さん、ゆかりさんに何か恨まれるようなことしたんですか……?」

優衣が恐る恐る尋ねると、荻野は悩ましげな顔で指を折り数え始める。

その数が二十七まで言ったあたりで、彼は破顔した。

「数え切れないくらいしたかも。彼女とは長い付き合いだし、シナリオライターとして有能だから、つい色々無茶ぶりしすぎちゃうんだよねぇ」

「そういえば去年の七夕、大森が社内の短冊《たんざく》に『荻野が女に泣かされますように』って書いてたな」

一馬の言葉に、荻野が青い顔をする。

「あの恐ろしい短冊、ゆかりちゃんだったんだ」

「真夜中に、並々ならぬ気迫を込めて書き上げていた」

一瞬悪霊かと見間違えたと言う一馬に、荻野は苦笑する。

「ゆかりちゃん、時々怖いんだよねぇ。まあそれも、可愛いっちゃ可愛いんだけど」

でもそれを伝えるとなぜか余計に怒られると、荻野は悩ましそうに首をひねる。

その様子に、一馬が呆れたようにため息をつく。

「それ、大森はからかわれてると思ってるんじゃないのか？」

「えー、超本気なのに」

「お前は息を吸うように女を褒めすぎだ。発言が軽すぎるから、大森みたいなタイプには絶対伝わらないぞ」

「でも一馬みたいのも重すぎるじゃん。一人の女の子にデレデレしすぎだよ」

「別にデレデレしてない」

「してるよ。今だって、優衣ちゃんが起きるなりニコニコだし」

「ニコニコはしてない」

「してる。ニコニコって言うかニヤニヤしてる」

していないと怒鳴るが、荻野は取り合わない。そこで一馬は何か言おうと思ったようだが、彼の胸ポケットから小さなバイブ音が響く。

確認すると相手は小春だったらしく、一馬は「ニコニコはしてないからな」と念押ししながら部屋を出て行く。

その様子がおかしくて、優衣は思わず吹き出す。横では、同じように荻野が破顔した。

「優衣ちゃん、あいつに魔法でもかけたの？」

「魔法なんて、私には使えませんよ」

「けどあいつ、いっつもクールで普段は全く表情を変えないから社員からは『能面社長』とか陰で呼ばれてたんだよ」

ちなみに命名はゆかりだと言われ、優衣はまた笑ってしまう。

「それがあんなに表情豊かになったのは、絶対恋の魔法の力だよねぇ」

「そ、そんなわけないですよ。私たちはその……」

「特別な関係、でしょ？」

「霊的な意味でです」

「一馬も全く同じ事言ってたよ。でも女の子をこんなに大事にしている一馬って、初めて見たからさ。絶対そういう意味でも特別だと思うよ」

荻野の言葉に、喜びかけて優衣ははっとする。

これでは彼と恋人になりたがっているみたいじゃないかと慌て、今のは気のせいだと思い込もうとした。

しかし荻野は優衣の気持ちなどつゆ知らず、ベッドサイドに置かれた椅子に座ると懐かしそうに目を細める。

「あいつ、女運ないせいでずっと異性に淡泊だったんだよね。あのスペックのせいで寄ってくる女の子は多かったけど、まあひどい子ばっかりだったし」

「だから、女性に対して愛想がないんでしょうか」

「たぶんね。……誰か一人に良い顔すると、途端に血で血を洗う争いになって大変だって前に言ってたし」

「血で血を洗う……」

「大学時代もすごかったよ。あいつアジア人にしては彫りも深いしあのスタイルだろ？　それに御津神グループはアメリカでもそこそこ有名だし、一馬を取り合って女の子同士がしょっちゅうマジ喧嘩《げんか》してたんだ」

だから特定の相手を作らずにいたようだが、それでも時折争いが起こっていたと荻野は苦笑する。

「アメリカの子は言いたいことバンバン言うし、すごかったなぁあの頃は」

楽しげに語っていた荻野だが、そこでふと表情が僅かに曇る。

「それをさ、俺ずっと笑ってたんだよ、『お前マジ運ないなー』って。でも……」

言葉を切り、荻野はそれまでの笑顔を完全に消す。

「今日のゆかりちゃんを見て気づいたんだ。……あいつの周りに女が寄りつかないの、幽霊のせいかもって」

真剣な声と表情に、優衣の脳裏にあの女の姿が浮かぶ。

「ねえ、あいつになんか悪い霊ついていたりしない？」

「それは、大学の頃からって事ですよね？」

「いや、もしかしたらもっと前かも。自分を取り合って女子がもめるの、幼稚園の頃からだって言ってたし」

「そ、そんな前から……？」

「俺、それをずっと笑い話か誇張だって思ってたんだよ。でもアメリカで喧嘩してた女の子とさっきのゆかり、同じ顔してた」

似すぎてたんだと告げる声は、僅かに震えている。

「アメリカの女の子たちはあそこまで本気で暴れてなかったけど、やっぱ怪《け》我《が》した子とかいてさ。それであいつ、余計に異性を近づけなくなっちゃって……」

「それからも、似たようなことは起きたんですか？」

「がっつり距離を取ってからはあんまり。でも好きだって言い寄ってた子が突然来なくなったりとかはあったから、もしかしてとは思うけど」

そのすべてにあの女が関わっているかもしれないと思うと、なんだかとても嫌な予感がした。

「一馬さん自身は、幽霊のせいだとは言ってなかったんですか？」

「うん。俺も割と見えるたちだし動物霊に好かれるのは知ってたけど、人間の霊には不思議と取り憑かれないって言ってた。ヤバい幽霊があいつに憑いてるところも、見たことなかったんだ」

荻野の説明に嘘はなさそうだ。だからこそ、優衣は少し不思議に思う。

荻野以上に、一馬は幽霊が見える人だ。そんな彼が、自分に取り憑いている幽霊を見逃すわけがないのである。そして本人の怖がり方を見るに、何かに取り憑かれていることを隠しているわけでは無いだろう。

(だとしたら、純粋に気づいてない？　でもそんなこと、普通はあり得るのかな……？)

幽霊に取り憑かれれば、一馬に浮かび上がった痣のように何かしらの印《しるし》が残るはずなのだ。

それは幽霊を祓われてもなお残るもので、物によっては他の霊を呼び寄せたり、悪さをする事もある。でもそうした印も、一馬にはまったくない。

だが取り憑いてもいない幽霊が、長いこと一人の人間を追いかけるなんてこともありえない。

幽霊は執着によって現世に縋りついている。すなわち、寄り添う何かがないとこの世にとどまることはできないのだ。

（なら、あの幽霊が執着してるのは一体何……？）

それにどうやって、一馬に気取られないほど巧みにその存在を隠しているのだろう。

次々浮かぶ疑問の答えは出ず、優衣は小さく呻く。黙り込んだ彼女を心配に思ったのか、荻野がそっと労《いたわ》るように彼女の頭を撫でた。

「触るな」

直後、部屋の入り口から冷え冷えとした声が響く。

「そ、そんな怖い顔するなよ。俺は、優衣ちゃんが暗い顔してるから励まそうと」

「そういうのは、俺の役目だ」

しっしと手で荻野を追い払い、一馬が優衣のベッドに手をつく。

「どうした、具合が悪いのか？」

そのまま顔を覗き込まれ、優衣はつい顔を赤らめる。

（また、無駄に甘い顔して……！）

下手したらまたからかわれるじゃないかと思っていると、案の定場を譲った荻野の顔がにやけている。

「おい、なんで俺じゃなくてあいつを見る」

途端に不機嫌になる一馬に荻野が噴き出し、優衣はいたたまれない気持ちでうなだれる。

「まあまあ、邪魔者はそろそろ帰るから二人でしっぽりやってよ」

「し、しっぽりってなんですか！　っていうか、ここ病院だし」

「一馬が金に物を言わせて用意させた特別室だから、気にしなくて大丈夫だよ。それに丁度明日から連休だし、仕事のことも気にしなくて良いから！」

言うなり、荻野はスキップしながら出て行く。

不機嫌な一馬と残されるのは御免だと思ったが、縋るような視線を向けても荻野は振り返ることすらなかった。

「……何で、俺を見てくれない」

そんなとき、一馬らしくない弱々しい声がぽつりとこぼれる。

驚いて彼の方を見ると、拗ねたような顔で彼はうつむいていた。

どこか子供っぽい表情と声に、胸の奥が小さく疼く。

（だめだ。私一馬さんのこういう所に弱いみたい……）

自分より年上で、自分勝手で強引な男なのに、不意に子供のような顔を見せる所を可愛いと思ってしまう。

それどころか放っておけなくなって、ついうつむいた頭にそっと手を乗せてしまう。

「正面から見られないような、甘い顔するから悪いんですよ」

「甘い顔などしてない」

「してます。荻野さんも言ってましたけど、最近笑顔率高すぎますよ」

初めて知ったとでも言いたげな顔で、一馬は手で頬をさすっている。

「能面社長なんですから、もっとクールにしててもらわないと困ります」

「優衣は、クールな男が好きなのか？」

「す、好きとか好きじゃないとかは関係ないです！」

「でも俺の笑顔は嫌なんだろ」

「嫌なんじゃなくて、どうすれば良いかわからなくなるんですよ。私は一馬さんと違って、今まで誰とも付き合ったことないし、男の人ともあんまり絡むタイプじゃないし」

その上一馬はイケメンなのだ。そんな男に始終笑いかけられたら身が持たないと本音をぶちまけると、彼はようやく納得したらしい。

「君のそういう所、可愛いな」

「かっ……可愛いとか、ホイホイ言うのも駄目です！　そういうのも、慣れないから駄目です！」

「慣れろよ。彼氏が彼女を褒めるのは普通だろ」

「褒めない彼氏もいると思います」

「でも俺は褒めたい」

言うなり、一馬は優衣の手をつかんで引き寄せる。

傾いた身体を抱きとめられ、優衣は悲鳴を上げそうになる。もう散々肌を重ねているというのに、こういう不意打ちには未だ慣れない。

彼のぬくもりや香りを全身で浴びていると、どうにも心臓がおかしくなるのだ。

「歴代の彼女さんが、どうやってこの試練を乗り越えたか知りたい……」

「試練言うな。それに彼女は作ったことないっていっただろ」

「でもその、そういうことする時は甘い顔してたんでしょ？」

「しない。それに褒めたのも、君が初めてだ」

言いながら、一馬が優衣の髪をすくい上げる。そしてどこか寂しげに、彼は苦笑した。

「好きだと誤解されるのは面倒だったし、誰かを褒めたいと思ったこともなかったからな」

「それってもしかして、女の人たちが喧嘩になるから？」

尋ねると、一馬の目が見開かれる。

「もしかして、荻野からなんか聞いたのか？」

「はい、それで――」

「そういう事には、巻き込まないようにするから」

幽霊のことを話すつもりだったのに、必死な声が優衣の言葉を遮った。

「最近は会社以外では女性との付き合いはない。それに今後も誰かと誤解されるようなことはしない。絶対に君を、煩《わずら》わせないようにする」

握られた手の力が増し、彼の必死な気持ちが優衣に伝わってくる。

「だから、君は離れていかないで欲しい」

必死な顔は、守人になって欲しいと言われた時と重なった。

もしかしたら、女性との問題は幽霊と同じくらい一馬を悩ませてきたのかもしれない。

（いや、元を正せばあの女の幽霊のせいなのかもしれないけど……）

幽霊の目的はわからないけれど、女性たちの起こす争いはこれまでに何度も起きていたのだろう。

そのたび、彼は辟易《へきえき》していたはずだ。

恋をしないという言葉も、家訓を守るためと言うより自分を巡って争う姿を散々見たせいで、出てきたものに違いない。

でも、彼だって本当は誰かと恋をしたかったのではないかと、今の一馬を見て思う。

優衣への態度を見れば、恋人を甘やかすのが好きなのは明白だ。でもそれに気づけないほど、彼は特定の誰かと親密になれなかったのだ。

「大丈夫ですよ。私たちには、簡単に切れない絆だってあるでしょう？」

そう言って組紐の結ばれた手を持ち上げれば、彼はほっとした顔で目を細める。

「それに今まで、幽霊のことで散々煩わされてきたんです。女の人くらい、どうってことありません」

「一応、それも悪いとは思ってる」

「本当ですか？　いつもノリノリでキスしてくるじゃないですか」

「でも、こういう目に遭わせるつもりはなかった」

そこで、一馬が優衣の首筋に触る。

触れられて初めて、僅かな痛みが走ることに気がついた。包帯も巻かれているし、どうやら痣か傷が残っているらしい。

そこで今更のように、腕や足にも包帯が巻かれていることに気がついた。

「意外と、いっぱい怪我《けが》してますね」

「気づくのが遅すぎるだろう」

「でも一馬さんたちの方が心配で、自分のことはあんまり気にしてなくて」

「気にして欲しい。君が傷つくのは、見たくない」

「でも、こういうのは慣れっこなんです。むしろ一馬さんと過ごすようになって、幽霊に襲われる率は減ったくらいですし」

「君は、そんなに頻繁に幽霊に襲われてるのか？」

「ええ。だから怖いのにも痛いのにも、慣れっこです」

一馬を安心させたくて笑ったのに、彼は苦しそうに顔を強ばらせる。

それが見ていられなくて、優衣もまた彼の額の傷にそっと唇を寄せる。

「それに今は、一緒に怖がってくれる人がいるから大丈夫です」

むしろ一馬の方が怖がりだから逆に安心すると笑うと、ようやく彼の顔がほぐれる。

「俺は怖いんじゃなくて、嫌いなんだ」

「はいはい」

わざと茶化《ちゃか》すように笑うと、一馬が抗議するように包帯の上からそっと首筋を撫でられる。

すると今度は、痛みとは違う感覚が顔を出す。

「あとあまり可愛い顔をするな。本気で襲いたくなる」

「おっ……!?」

「優衣はすぐ赤くなって俺を誘う。そこが可愛いが、今日は何もできないんだから自重しろ」

自重しろと言いつつ、一馬は椅子から立ち上がり優衣のベッドに腰を下ろす。

格段に距離が近くなり、赤くなるなと言われたばかりなのに頬が熱くなってしまった。

「それとも、こういう所でするのが好きなタイプか？」

「違うに決まってるでしょう！　病院でなんて、絶対しませんから」

強く否定すると、またあの拗ねた表情が顔を出す。

その顔に弱い優衣は彼を直視できず、どうにか話題を変えようと視線を泳がせる。

「そういえば、おばあちゃんから電話来てましたよね。どういう用件でした？」

「君、話題の変え方下手すぎだろ」

「わかってるなら、そこは黙って乗ってくださいよ」

今度は優衣の方が拗ねた気持ちになると、一馬はおかしそうに笑った。

またからかわれるかと思ったが、一応新しい話題に付き合ってくれるらしい。

「大森はもう大丈夫だってことと、明日退院したら話がしたいそうだ」

「もしかして、あの幽霊についてですか？」

「だろうな。俺は見えなかったが、またあの女の幽霊だったんだろう？」

「たぶん……」

そこで、あの幽霊が一馬に憑いてる可能性について話そうかと、優衣は悩む。

（いやでも、まだ憶測の段階だし下手に話して怖がらせるのもまずいかな……）

下手したら、今夜はこの部屋から出て行かないと言い出しそうだ。

というか、そもそも病院でこの人は夜を過ごせるのかという不安がよぎる。

（こういう場所、絶対出るもんな……）

一馬が選んだ部屋だけあって、ここは空気が綺麗だが、なんとなく下の階には何かがたまっている気配がする。

それを自然と目で追っていると、一馬も同じ気配に気づいたのだろう。

「……優衣」

「一緒には寝ませんよ。一馬さんも、部屋あるんですよね？」

「隣だ」

「怪我もしたんだし、そろそろ……」

「その前に、しよう」

真顔で迫られ、優衣は慌てて毛布をかぶる。

「しないって言ったじゃないですか」

「キスだけで良い」

「この量じゃ、いっぱいキスしないと無理ですよ」

「いっぱいすればいいだろ」

「いっぱいしたら、他のこともしたくなっちゃうじゃないですか！」

うっかり滑り出た言葉に対する、一馬の返事は沈黙だった。

そこで初めて自分の失言に赤面していると、どすっと優衣の腹部に重さが乗る。多分これは、一馬の頭だ。

「明日、退院したら覚えておけ」

低い声はなんだか恐ろしくて、優衣は毛布の下で震えることしかできなかった。

◇◇◇　　　◇◇◇

覚悟というものは、いくらしてもしたりない。

昨晩の「覚えておけ」発言から一夜明け、無事ホテルへと帰った優衣を待っていたのは、一馬の執拗なキスと愛撫だった。

「……ッ、だめ……もうすぐ、きちゃうのに……」

「いきそうなら、いけばいい」

「そっちの……っ、きちゃうじゃ……なくて！」

キスの合間に呼吸と抵抗を挟みながら、優衣はシャワールームの壁に身体を押しつけられていた。

もうすぐ小春が来る時間なのに、一馬は全く容赦をしてくれない。

ささやかな抵抗さえ封じるように、彼は優衣の両手首をつかむ。そのまま顔の横で拘束し冷たいタイルの壁に縫い付けられ、降り注ぐシャワーの下で唇を貪られる。

帰って来るなりピタリと寄り添ってきた一馬の動きで、こうなることは予想できたはずだった。

だが小春が来るまで時間がないし、昨日からお風呂に入っていなかったため、せめてシャワーは浴びたかったのだ。

そんな主張に「確かに俺も浴びたい」と言い出した時、どうしてこうなることが予想できなかったのかと優衣は後悔する。

一馬が一番大きな浴室を使うだろうからと、シャワーブースの方を選んだのもまずかった。

ガラス張りの狭いブースに逃げ場はなく、背後に一馬が立っていることに気づいた時には退路は完全に断たれていたのである。

壁際まで追い詰められ、慌てて身体に巻き付けたタオルはあっという間に奪われた。

「大丈夫だ、君と繋がる時間はある」

「……ッ、最後までするんですか……?」

「君はしたくないのか?」

それを聞くのはずるいと拗ねた気持ちになるが、抗議の声はキスに妨げられる。

淫らなキスを繰り返しながら、一馬は肌を合わせ優衣の胸や下腹部に強く身体を押しつけてくる。

すでに立ち上がった乳首が彼の硬い胸筋が擦れると、それだけで身体は期待に震えてしまう。

挙げ句の果てに、彼は立ち上がった楔の先端を優衣の腰に怪しく押し当ててくるのだ。

そのたび期待に震える優衣の身体に、彼が気づいていないわけがない。

「……したいに、きまってるのに」

「シャワーの音で聞こえなかったから、もう一回」

優衣のつぶやきに、一馬はしれっとそんなことを言う。

さすがに意地悪過ぎると腹を立て、優衣は顔を背ける。

「やっぱりしません。退院したてですし、一馬さんだって怪我したばかりでしょう」

「俺は軽症だ」

そう言って、一馬は前髪をかき上げる。あまりに色っぽい仕草に見惚《みと》れかけて、優衣は慌てて彼の傷に注視する。

髪の下から現れた傷は確かに小さいようだった。ガーゼのようなもので覆われているが、範囲も小さい。

「たった二針だ。風呂の許可は出てる」

「でも、こう言うのって濡らすとまずいんじゃ……」

「安心しろ。いざというときのために防水の物にしてもらった」

「……用意周到すぎますよ」

「準備が良いと言ってくれ」

言いながら、一馬は優衣の手をほどき彼女の首筋に指を這わせる。

「むしろ、君の方が痛々しい」

優衣の方も包帯は取れたが、その下には青い痣がくっきりと残っている。

彼女の方も傷は小さく縫うほどではないので入浴も禁止されてはいない。でも一人で入りたかったのはこれを一馬に見せたくなかったからだ。

「痛むか？」

「いえ、今は全然平気です」

「……なら、良かった」

それまでの強引さが嘘のように、一馬がぎゅっと優しく優衣を抱きしめる。

大きな身体を丸め、縋りついてくる彼の身体は何かに怯えているようにも見える。

「あの幽霊が怖いですか？」

「そりゃあ怖いだろ」

珍しく素直に認める一馬に、優衣はほんの少し驚く。

「今日は、嫌いって言わないんですね」

「嫌いだし、恐ろしい。あいつは君ばかり狙うからな」

そこでちゅっと、一馬の唇が首の痣に優しい口づけを落とす。

「自分が襲われる以上に、怖かった」

首筋にかかる吐息と言葉に、優衣の胸がぎゅっと震える。

同時にこみ上げてきたのは、一馬に対する切ないほどの愛《いと》おしさだった。

突然のことに戸惑い、焦《あせ》っていると一馬の顔が持ち上がり優衣を覗き込む。

「おい、なんでそんな可愛い顔してる」

「か、かわいい……？」

「てっきりまたからかわれると思ったのに、真っ赤になってて可愛い」

褒め言葉一つで心がざわめき、いつも以上に胸がドキドキして止まらない。

そんな自分を見られたくなくて手で顔を覆おうとすると、そこでまた両手を壁に縫い付けられる。

「そんな顔を見せて、逃げられると思ってるのか？」

もはや思っていないが、それを認めるのもなんだか恥ずかしい。

何も言えず恥じらっていると、そこで再び唇を奪われる。

「んッ……、あっ……」

荒々しいキスに翻弄されながら、こぼれる声は甘く色づいている。抵抗も弱々しくなり、絡められた舌に
おずおずと反応さえしてしまった。

出しっぱなしのシャワーの音に、お互いを貪る淫らな吐息が重なっては消える。

「壁に手をついてくれ、なるべく早く終わらせる」

長いキスの後、甘く囁かれた声に優衣は抗えなかった。

一馬に背を向ける形でタイルに手をつくと、一馬の手が優衣の背筋をすっと撫でた。

「ん……ぅ、くすぐ、たい……ッ」

「それだけか？」

優衣の身体の線を妖しく撫でられると、ゾクゾクとしたこそばゆさが全身を駆け抜ける。

確かに、くすぐったいだけではなかった。

シャワーのおかげで気づかれてはいないが、優衣の蜜壺はすでにじんわり濡れ始めている。

「優衣は背中も綺麗だな」

そう言って押し当てられたのは、多分唇だろう。

「んっ……、ンんッ……！」

ちゅっと音を立てて吸い上げられるとたまらなくなるが、程なくして背骨のくぼみを舌で舐《ねぶ》られ甘い悲鳴をこぼしてしまった。

背中に口づけを落としつつ、一馬の手が優衣の乳房を覆う。

ささやかな大きさの胸を晒すのは恥ずかしかったはずなのに、指先で乳首をこねられると羞恥心は消えてしまう。

「あ、やぁ……むね、だめ……」

口ではそう言いつつ、心の中ではもっと触れて欲しいという気持ちが溢れて止まらない。

巧みな指使いで胸の先端をなぶられると、優衣は快楽に抗えなくなる。

「時間がないから、こちらもほぐすぞ」

左手で胸をいたぶったまま、一馬の右手がゆっくりと下腹部へと降りてくる。

手の行き先を察すると、優衣は自然と足を少し開いてしまう。そして僅かに腰を突き出し、彼の手がもたらす快楽を無意識に待ち受けてしまった。

優衣の期待を、一馬も察していたのだろう。中指と人差し指で襞を撫でたかと思うと、ぐちゅっと音を立てて入り口を押し開いた。

「……ンッ、いき、なり……」

すでに濡れそぼっていた優衣の入り口は指の侵入を容易く許し、まずは一馬の中指をぬぷりと呑み込む。

「呑み込むのが、上手になったな」

「だって……一馬さんが、……毎日、するから……」

この三週間近く、ほぼ毎日抱かれていた身体はもうすっかり一馬に染めあげられている。

瞬く間に隘路を抉る指を二本に増やされたが、それも容易く呑み込んだ。

その後胸と膣《ちつ》を丹念に虐《いじ》められ、もう無理だと散々甘い悲鳴を上げさせられたところで、ようやく一馬が己の物を優衣の襞へと宛《あて》がった。

先端で軽く擦られるだけで、期待で隘路がヒクヒクと震える。

「優衣、欲しいか？」

わかっているくせに、一馬は意地悪な声であえて尋ねてくる。

彼を振り返り、優衣は言わせないで欲しいと目で訴えた。だが彼は気づかない振りを続けながら、男根を優衣の襞で擦りあげる。

「あ……お願い、ッん、一馬……さん……」

「なら言葉にしてくれ。俺は、君に求められたい」

ねだる声はいつになく甘く、優衣の鼓膜を震わせる。

そしてちゅっと唇まで奪われてしまえば、こらえることなどできはしない。

「……お願い、ッ……一馬さんの……欲しい……」

濡れた唇を震わせ、優衣は淫らに懇願していた。

あれほど恥ずかしいと思っていたのに、一度言葉にすると途端に身も心も快楽に抗えなくなって、気がつけば逞しい竿《さお》に、自ら腰を押しつけている。

「欲しいッ……おね、がい……」

舌っ足らずな声は優衣自身の懇願だ。今までは不思議な力に言わされていたのに、今日は違う。

彼女自身が一馬を求め、こぼれた言葉も自分の物だという確信があった。

それを恥ずかしく思いつつも、ねだる声は止められない。

「はやく……ッ、おね、がい……」

「ああ。倒れないよう、しっかり手をついてろ」

一馬の言いつけを守る間もなく、ずんっといきなり奥まで一馬の物が優衣を貫く。

「……くっ……んんっ！」

衝撃に呼吸が止まり、全身が淫らにくねる。

身体が僅かにのけぞり、優衣は喘ぎ悶えた。

一馬の物でならされた隘路は、歓喜と共に男根をくわえ込み戦慄《わなな》いている。

彼の物は決して小さくないのに、そのすべてを優衣は容易く受け止め喜んでいた。

「ああ、君の中は……本当に温かいな」

軽く腰を穿《うが》ち、一馬が優衣の中を緩やかにかき回す。

シャワーの音でかき消されているけれど、きっと溢れる蜜を掻き出す淫らな音が膣の中からは響いている
ことだろう。

一馬に軽く触れられるだけで感じてしまう優衣は、こぼす蜜の量も多い。

そこに己を埋め、優衣が感じる場所を一馬は的確に責め始める。

「あっ……そこ、……あッ、ンッ……」

「優衣は、奥が本当に好きだな」

「だって、……いっぱい……感じちゃうの……」

「例えばここ、か?」

腰つきを強め、より深い場所を一馬が抉る。

それだけで達しそうになり、優衣は膝から崩れ落ちそうになった。

そんな優衣を支えるため、一馬は彼女の身体をより強く壁に押しつける。

タイルの壁に押しつぶされた胸の先端に、チリッと甘い愉悦が走った。柔らかなベッドとは違う体勢と感触に、どうやら優衣の身体は喜んでいるらしい。

「くっ……、いつもより、奥が締まるな。こういう所でするのも、優衣は好きなのか?」

「わから……ない、ッでも……気持ちいい……」

「俺もだ。すごく、優衣を感じる……」

一馬の声からも余裕が消え始め、言葉と吐息に熱がよぎる。

その声を聞いただけでたまらない気持ちになり、優衣の内側が一馬のものをしごく。

彼は避妊具をつけているが、シャワーのせいで温まった男根はいつも以上の熱を優衣にもたらす。

なんだか直にいれられている様な気分になり、それが否応にも気分を高揚させる。

「一馬……さんっ……もっと……お願い……ッ」

「ああ、一気に行くぞ」

自然と息を合わせ、二人は激しく腰を打ち合わせる。

日々の行為のおかげで、もうすっかりお互いの呼吸はつかんでいる。

視線を絡め、唇を貪り合いながら、二人は同じ速度で上り詰めていく。

「あっ、……もう、ッ……もう……!」

「優衣……優衣！」

「一馬……さん……！」

二つの名前が重なるのと同時に、優衣たちは絶頂を迎える。

法悦の中に堕《お》ちながらも、お互いだけは手放すまいと二人はより強く身体を密着させた。

壁についた優衣の手に一馬が手を重ね、ぎゅっと強く握られる。

それだけのことがとても幸せで、優衣は喘ぎながらそっと涙をこぼした。

近頃、優衣はよくこうして行為の最中に泣いてしまう。

彼と身体を重ねると、幸せな気持ちが溢れて止まらなくなるのだ。

「優衣、大丈夫か？」

でも一馬は、優衣が泣くと少し不安そうな顔をする。

幸せで泣いたのだと言って安心させたい反面、恥じらいが言葉を胸の奥に押しとどめてしまう。

「……身体、力……入らなくて……」

「大丈夫。俺が運んでやる」

ゆっくりと己を引き抜き、一馬は避妊具を手早く処理すると、優衣の身体をシャワーでざっと流してくれた。

そして腰の立たない優衣を抱き上げ、シャワーブースの横に置かれていたタオルの上に座らせる。

その頃には絶頂の余韻も消えていて、僅かな恥じらいが戻ってくるが、身体には力が入らずされるがままになるほかない。

「ほら、おいで」

でもバスタオルと腕を広げる一馬を見ていると、つい甘えたい気持ちが顔を出してしまう。

「……自分で、拭けるのに……」

そう言いつつ、広げられた腕に優衣は身を寄せる。

「それでも俺がやりたい」

タオルごと腕に抱え込まれ、一馬がそこでもう一度優衣の唇を奪う。

途端に愉悦が舞い戻り、優衣は慌ててタオルで顔を隠した。

「これ以上は……絶対、だめです……」

「したくなるからか？」

「……わかってるなら、言わないで」

「ごめん。でも、君が可愛いのが悪い」

タオルを奪われ、今度は頬に甘い口づけを落とされる。

一応手加減してくれているつもりのようだが、優衣の身体と心を乱すには十分過ぎるキスだった。


その後完全に腰が立たなくなった優衣は一馬にかいがいしく世話をされ、バスローブ姿のまま髪を乾かされていた。

バスルームの鏡面の前にわざわざ運んできた椅子に座らされ、恥ずかしさに席を立とうとするたび「まだ乾いてない」と彼に叱られることを繰り返している。

決して嫌ではないのだが、一馬の方も同じバスローブを纏っているため、事後感が半端なくそれがなんとも面はゆい。

「一馬さんも自分の支度があるし、後はできますから」

「俺はすぐ終わる」

「でもおばあちゃんが来ちゃいますよ」

「約束の時間は三十分後だろう。それに小春さん、いつも結構遅刻してくるし」

「そう思ってると、突然早く『来ちゃった』とかいうのがおばあちゃんなんです！」

それに小春は二人の付き合いを見て楽しんでいる節がある。

今朝もスマホを見たら、メッセンジャーアプリに『昨日は怖い目に遭ったわね。今日は一馬さんにいっぱい慰めてもらいなさい』という文面と微笑む猫のスタンプが届いていた。

色々お見通しだと言わんばかりの文面だったからこそ、一人でさっとシャワーを浴びるつもりだったのにこのざまである。

「それに、こうして髪を乾かしてみたかったんだ」

「一馬さん、意外と世話焼き気質ですよね」

髪を乾かされるのは初めてだが、行為の後は必ず動けない優衣の世話をしてくれる。

水を飲ませてくれたり、着衣のまま致したときはそれを整えてくれるのはいつも一馬だ。最初は少し手つきがおぼつかなかったけれど、近頃はすっかり手慣れて世話を焼くのを楽しんでいる気配さえある。

「優衣にだけだ。自分の身支度だって、できることなら怠けたいくらいだからな」

「意外です。休みの日さえ、いつもきっちりしてるのに」

「そう躾《しつ》けられたし、君の前でだらしのない格好を晒すのもどうかと思って」

「むしろ見たいなぁ、一馬さんのだらしない休日ルック」

そう言って一馬を見上げると、彼は小さく笑った。

「ならこの連休は、ずっとだらだら過ごすか」

「いいですね。パジャマのままだらだらゲームとかしましょうよ」

ポップコーンやピザ、コーラなんかも用意して自堕落に過ごしましょうと笑うと、一馬が不意に乾かしていた優衣の頭に口づけを落とす。

「あと、君ともいちゃいちゃしたい」

「た、確かにそれも自堕落ではありますけど……」

「嫌か？」

「い、嫌じゃないです」

間髪入れず返事をしてから、さすがにがっつきすぎだろうかと赤面する。でも一馬は嬉しそうに笑って、また髪を乾かし始めた。

目の前にある鏡面越しに一馬を伺えば、彼は本当に幸せそうだった。それに釣られて微笑む自分の顔を見て、優衣は甘酸っぱい気持ちになった。

（端から見たら、ラブラブなカップルって感じがする）

恥ずかしいけれど、でも嫌ではない。

それはきっと一馬に少なからず好意を寄せているからだと、優衣はもう気づいている。

だから少しだけ、心苦しさもある。

（嘘でも、好きだなんて言わなきゃ良かった……）

一馬のためについた嘘だとは言え、「好き」という言葉は安易に使うべきでなかったと今は思う。

彼が優しくしてくれるのはあの嘘がきっかけだと思うと、こうした甘い好意にさえ罪悪感を覚えてしまうのだ。

それに自分たちには、好意とは別の『特別な関係』もある。

手首に巻き付いた組紐に触れながら、優衣はもしこれが切れてしまったらどうなるのかと不安を覚える。

今の関係は、優衣が守人であるからこそ成り立っている物だ。

彼とキスをするのも、身体を重ねるのも、一番の理由はそこである。

でももしそれがなくなったら、一馬は自分にこうして笑いかけてはくれない気がする。

恋人のような甘い関係はすべて、除霊に対する対価なのだ。

それがわかっていたからこそ、優衣は自分の気持ちに気づかないように、彼を好きにならないようにと思ってきた。赤の他人として暮らそうと言ったのも、今思えば勘違いをしないためだった。

しかし、「好き」という自分のついた嘘に、優衣自身も惑わされたのだろう。

そして嘘が本物になり、今こうして苦しむ羽目になっている。

「優衣、どうかしたのか……？」

浮かない気持ちが顔に出ていたのか、一馬が心配そうに声をかけてくる。

慌てて笑顔を貼り付け、優衣は鏡越しに彼を見た。

「ちょっと、湯あたりしただけです。一馬さんが、シャワー出しっぱなしであんなことするから」

「わかった、次はちゃんと止める」

「つ、次……？」

「ああいう場所でするの、好きなんだろ？」

違うと否定したが、一馬は信じてはいないようだ。

慌てて弁解しようとするが、そこで微《かす》かに部屋の扉が開く音がした。

「か、一馬さん、おばあちゃん来たかも！」

慌てる優衣の声で、一馬がドライヤーを止める。

「いや、小春さんとは下で待ち合わせのはずだが」

「えっ、じゃあ、一体誰が……」

そう思った次の瞬間、鏡面越しに優衣は見知らぬ老人の顔を見た。

廊下に立つその姿を見て一瞬幽霊かと勘違いしたが、すぐにそうではないと気付く。

「お前が怪我をしたというから飛んできたのに、一体何をやっている」

一馬によく似た声と眼差しに、優衣は慌てて席を立つ。

老人と目が合うと、彼はそこで僅かに息を呑んだ。

「……小春」

「祖母を、知っているんですか？」

突然飛び出した祖母の名に、優衣は驚いた。

すると老人は、そこで厳しい顔になる。

「一馬、この子はまさか神代家の……」

「小春さんの孫で『優衣』さんだ。優衣、この人は俺の祖父だ」

一馬の言葉で、優衣はようやく目の前の老人が小春を知っている意味に気づく。

（この人が、おばあちゃんが守人をしていた『和彦』さん……）

近くで見ると孫である一馬と本当によく似ている。深く刻まれた皺と気難しそうな表情を見るに、きっと若い頃はもっと似ていただろうし、祖母が間違えたのも無理はない。

「は、初めまして……。私は――」

「挨拶などどうでも良い！　一馬、まさかとは思うが、彼女と付き合ってるんじゃないだろうな！」

激しい怒鳴り声に、優衣はビクッと肩をふるわせる。そんな彼女を、一馬はそっと抱き寄せた。

「だったら、何か問題でも？」

「……恋人は作るなと、あれほど言っただろう。それもよりにもよって、あの女の孫だなんて」

「あの女って、小春さんはじいさんの守人だったんだろう」

「過去の話だ。それにあの女は、肝心な時に私を守れなかった無能だ」

あまりに酷い言い草に、優衣も苛立ちを隠せなくなる。

だが彼女が何か言うよりも先に、一馬が和彦に詰め寄った。

「それ以上言ったら、さすがに怒るぞ」

「……もう怒ってる口ぶりじゃないか。だが何を言われようと私は一言一句訂正はしない。守人などもはや我が御津神家には不要なものだ」

「俺には必要だ。優衣のおかげで、ようやく人並みの生活を送れるようになったんだ」

「だがそれも今だけだ、お前が彼女を愛した時点で今よりもっと酷い目に遭う」

そこで和彦は、優衣の方へと目を向ける。

「その痣、女の霊につけられた物だろう」

「ど、どうしてそれを……」

「御津神家の男に愛された女は、遅かれ早かれそうした傷を負う」

和彦の言葉に、一馬が大きく目を見開いた。

「恋をするなと言うのは無意味な家訓ではない。御津神家の男を人殺しにしないためのものなのだ」

「人殺しって、まさかあの霊は優衣を殺すって言うのか……？」

「お前が彼女を愛し続けるなら、いずれはな」

「でも、なんでそんな……！」

「御津神家の男が背負うべき罰だと言うことしかわからない。私たちが幽霊を感じ、取り憑かれやすいのもその女のせいだと言われている」

自分の罪と向き合い、罰を受けるために幽霊が見えるのだと和彦は静かな声で告げた。

「守人の力でも、あの女は退けられない。だからこそ、私は小春を切り捨てたのだ」

「……同じように、俺も優衣を切り捨てろと？」

「霊能力者なら、今までだってたくさん雇ってやっただろう。替えがきくものに、固執すべきではない」

「優衣に替えなんてきかない」

「ならなおさら手放せ。お前もその子も、このまま生きていたいならな」

そこで和彦は、一馬から優衣へと視線を戻す。

「……あんたも霊能力者の端くれなら、あの女の脅威に気づいているはずだ。この子のためを思うなら、なるべく早くその組紐を切ってくれ」

それだけ言うと、和彦はすぐさまその場を後にする。

一馬はそれを追いかけていったが、優衣はただ立ち尽くすことしかできない。

一人残されると、ようやく和彦の言葉を呑み込めるようになる。

（やっぱり、一馬さんの周りで女性が喧嘩するのはあの悪霊のしわざだったんだ……）

優衣の時のように、あの悪霊は一馬に好意を寄せる者を排除するために人に取り憑き争いを引き起こしていたに違いない。

今まで死者が出なかったのはきっと、一馬がその女性たちにそれほど興味がなかったからだ。

だがあのエレベーターの中で襲われた時、優衣は明確な殺意をゆかりに乗り移った悪霊から感じた。

あの殺意はきっと、一馬の好意の表れでもあったのだと気づき、胸が苦しくなる。

（こんなことで、一馬さんの気持ちを知りたくなかったな……）

恋人のように振る舞ううちに、彼は優衣に恋をしてくれていた。あの甘い表情も、何度も求められたキスも、すべては好意の表れだったのだ。

明確に「好き」と言われたことはなかったけれど、それに等しい感情は一馬の中で育っていた。

しかし普通なら喜ぶべき事が、二人にとっては不幸の始まりにしかならない。

（身を、引くべきなのかな……）

組紐をそっと手で押され、優衣は思わずうなだれる。

「……それ、切りたいのか？」

苦しげな声にはっと顔を上げると、いつの間にか一馬が側に戻っていた。

悲痛に歪んだその顔が、優衣への気持ちをありありと物語っている。

「優衣は、俺から離れたいのか……？」

離れたいわけがないと一馬に縋りたかった。

だがその行為がまたあの悪霊を呼び寄せたらと思うと恐ろしい。

悪霊は優衣だけでなく一馬をも傷つけた。

そして和彦の言葉が本当なら、彼の命が奪われる可能性もある。

実際彼は一度悪霊に取り憑かれ死にかけているし、あのときは優衣の力でギリギリ救えたが、同じように助けられる自信が彼女にはなかった。

それが身体を縛り、優衣は何も言えなくなる。

「……わかった。なら、離れよう」

「待っ――」

ようやく言葉が出たが、すでに遅すぎた。

一馬は自分の手首に巻かれた組紐をつかみ、思い切り引きちぎる。

組紐がちぎれると、二人を繋いでいた何かもまた断ち切れた。つながりが消え、深い喪失感が胸に去来する。

「……これで、絆は消える。そうすればきっと、あの悪霊ももうお前を襲わないだろう」

一馬はそう言って、引きちぎった組紐を側のくずかごに捨てた。そして彼は、優衣に背を向ける。

「安心しろ、仕事を辞めろとは言わない。だがもう恋人ごっこは終わりだ」

これ以上は必要以上の関係を持つのはやめようと、一馬は淡々と告げる。

でも向けられた背中は、苦しいと叫んでいる。離れたくないと泣いている。

それに気づきながら、優衣はただ立ち尽くすことしかできなかった。

「……君は家に帰ってくれ。荷物はこちらから送る」

事務的に言って、一馬は逃げるようにその場を去った。

残された優衣は唖然として、ゆっくりとその場に頽れる。

立ち上がって一馬を追いかけたいのに、身体には全く力が入らない。そんな自分の弱さが情けなくて、優衣は泣きながらくずかごに落ちた一馬の組紐を拾い上げた。

組紐を握りしめたまま、どれほど泣いていたのだろう。

気がつけば目の前には小春が立っていて、彼女は辛そうな顔で自分を見下ろしている。

「……おばあちゃん、私……何もできなかった」

ようやく届いた想《おも》いに縋ることも、断ち切ることもできず、辛いことをすべて一馬にさせてしまった。

泣きながらそう訴えれば、小春がゆっくりと抱きしめてくれる。

「とりあえず、今は離れましょう。あなたの心もあの悪霊も、一度落ち着かせなければ」

祖母の言葉に頷きつつ、優衣は彼女に身を委ねた。

第六章

浅い眠りから目を覚まし、優衣は朧気《おぼろげ》な視界の中に一馬の姿を探す。

朝日を覚ますと、いつも隣には彼がいた。

朝が弱い彼はいつも優衣に縋りついたまま、ちょっと不機嫌そうな顔で眠っている。

最初は寝顔にドキドキもしたけれど、最近は眠る彼を眺める朝のひとときに喜びを感じていた。

しかし今、優衣に顔を向けているのは一馬ではない。

（これ、おばあちゃんの……）

自分を見下ろしているのは小春がコレクションしているハワイのトーテムポールで、その額には祖母お手製のお札が貼られている。

あの悪霊が来ないようにと貼られたお札は見事に不釣り合いで、優衣は思わず笑ってしまった。

（……どんな辛いことがあっても、人間って笑えるんだな）

そんなことを思いながら身体を起こすと、久々に戻ってきた自室は小春の不気味なコレクションに埋め尽くされていた。

それを見て、実家に帰ってきたのだという実感が生まれる。

とはいえくつろげるとは言いがたい内装に、優衣はベッドを出て側のふすまを開ける。

「あら、早いお目覚めね」

「もう少し寝たかったけど、二度寝できる部屋じゃないんだもん」

居間に置かれたテーブルに座ると、小春がお茶を入れてくれる。

二人の住む家は、小春の店がある中華街にほど近い元町《もとまち》にある。高級住宅街と言われているが、二人が住むのは地区四十五年のおんぼろアパートだった。

古いとはいえ2LDKなのでそこそこの広さだが、事故物件故に家賃は格安だ。もちろん幽霊の類いは小春が祓ったたし、アパートとその周辺には鬼門もないため住み心地は快適である。

(思えば、この家を出るなんてついこの間までは欠片も考えてなかったな……)

なのにハイソなマンションに拉致され、その後はペントハウス住まいである。一馬と過ごした日々はまさに夢のようだったとぼんやり考えていると、お茶を運んできた小春にそっと頭を撫でられた。

「その様子だと、和彦さんにコテンパンにやられたみたいね」

微笑みと共にこぼれた言葉に、優衣はえっと驚く。

「あなたが動揺してたから昨日は言わなかったけど、私も会ったのよホテルのロビーで」

「おばあちゃんも、何か言われた？」

「ええ。うちの一族にはもう近づくなとか色々怒鳴ってたわね。まあ半分は聞き流しちゃったけど」

「和彦さんに怒鳴られて、良く平然としていられたね」

「あの人昔っから頭に血が上るとああなのよ。それにまあ、私も昔と違って逞しくなりましたから」

そう言うと、小春は側の引き出しから書類の束が挟まったファイルを取り出す。

「それに今回のことであの霊を色々調べて、和彦さんがムキになる理由もちょっとはわかったから、腹を立てる気にはならなかったの」

小春は手にしたファイルをテーブルの上に置く。生命保険のおまけでもらった安物のファイルはスヌーピーが描かれた可愛いものだ。だが、その後ろに透けている書類はどれもボロボロである。

その不気味さとファイルのミスマッチさに困惑していると、「見たい?」と小春がにっこり笑う。

「これ、何なの?」

「あなたを襲った幽霊についての記録。……本当は五十年前に調べなきゃいけなかった、私のやり残した宿題でもあるわね」

「やっぱり、おばあちゃんも若い頃あの幽霊に会っていたの?」

「会っていたどころか、襲われたわ。当時はそのことに気づいてさえいなかったけど」

どういうことだろうと首をひねっていると、小春は悔いるように目を伏せた。

「あのときは、ただの事故だと思っていたの。不審な点はあったけれど、当時は手痛い失恋も重なって、それを調べる余力もなかったのよ」

失恋と聞き、優衣の胸がチクリと痛む。

それを見透かしたように、小春の手が優しく背中を撫でてくれた。

「あなたたちはまだ間に合うわ。それに一馬さんは、和彦さんほど自分勝手じゃないからきっと大丈夫よ」

その言葉で、優衣は小春の言う失恋の相手に気がついた。

「あの、もしかしておばあちゃんって……」

「今はあんなじじいだけど、昔の和彦さんはかっこよかったのよ～」

「で、でしょうね……」

何せ一馬と瓜二つだと思いながら、初めて聞かされた祖母の恋バナに優衣は困惑する。

「えっと、つまりお付き合いしてたって……こと？」

「婚約までしてた」

「う、うそ……！」

「ほんとよ。あの悪霊がいなければ、今頃玉《たま》の輿《こし》だったんだから」

小春がのほほんとしているのでイマイチ現実味がないが、このタイミングで彼女が嘘をつく理由はない。

それに前に一馬と甘味屋に行った時、あの店はかつて小春と和彦が足を運んだ店だと話していた。それがデートだったのだとしたら、その後足を運ばなくなった説明もつく。

「そういえば、和彦さんはおばあちゃんに振られたって一馬さん言ってたかも」

「いや、和彦さんが別れたいって言い出したのよ。当時私は大怪我をして、そのせいで子供が出来るかどうかもわからなかったから、それを理由に婚約を解消されたの」

同時に、守人の関係も解いたのだと小春は告げる。

それから少し遠い目をして、黒い痣の残る手首を彼女はさすった。

「それが辛くて、当時は自分の怪我の原因をちゃんと調べなかった。でもあれは、多分悪霊のせいだった」

「いったい、どんな怪我だったの？」

「和彦さんに恋をしていた女中に、階段から突き落とされたの。その後しばらくは足が動かない程の怪我で、半年も病院に入院したわ」

「そんな酷い怪我だったの⁉」

小春が無事で良かったと、優衣は思わず彼女に抱きつく。

「私は意外と頑丈なの。でもその一件で和彦さんは妙に参ってしまって、段々態度が冷たくなってね」

「そして婚約を解消された……」

「多分そのとき、和彦さんはあの悪霊が原因だって気づいたのね。だから私を遠ざけようとしたんだと思う」

「……あの悪霊は、御津神家の男が愛した女性を襲うから？」

「ええ。でも私は、当時そのことに気づけなかった。『御津神家の男は恋愛結婚をすべからず』って言い伝えは私も知っていたけど、古い迷信だと思っていたの」

小春が言うには、御津神家にはしばらく男児が生まれておらず、言い伝えもそこに紐付く悪霊のことも当時は正しく伝わっていなかったらしい。

そもそも御津神家は女児が生まれる可能性が圧倒的に高く、和彦の子供も娘だという。

そしてあの悪霊が害をなすのは、御津神家の男が愛した女だけなのだ。だから長い間、あの悪霊に対する危機感がなかったのだろう。

「それにたぶん、あの悪霊は人ではなく家に憑いている。そういう幽霊は本来守護霊のような存在で、悪い気を出さない。だから守人である神代家もちゃんと認知していなかったんだと思うわ」

また悪霊自身も、祓われぬように上手く身を潜めているに違いないと小春はため息をついた。

「でも、一馬さんが生まれたって事は、和彦さんはその後結婚したんだよね？」

「お見合い結婚で、子供が生まれてすぐ離婚したらしいわ。あの人のことだから、悪霊のことを気にして奥様のことをちゃんと愛してあげなかったんでしょうね」

「それはそれで、寂しいね……」

「でも愛してしまえば、あの悪霊にいずれ殺される」

そう言うと、小春はあのファイルから古い書類と写真を取り出した。

手紙には『離縁状』という文字が書かれている。とても古い手紙なので内容は殆どわからないが、『佳子《よしこ》』という名前だけは読み取れた。

そして同じ名前は写真にも記されていた。

「……待って、この顔」

「あなたを襲ったのと、同じ顔？」

「うん。この人だと思う」

改めて写真を見ると、やはり顔は同じだ。

服装と髪型は違うが、繊細な面立ちと目元の泣きぼくろは完全に同じだ。

「この人は一体誰なの？」

「ずいぶん昔に、御津神家に嫁いできた女性らしいわ。あまり記録が残っていないので、どの当主に嫁いだのかはわかっていないけれど、彼女の夫は何人もの愛人を囲っていたみたい。その後、佳子は離縁され失意の中病気で亡くなったらしいの」

「じゃあ、もしかしてそのときの恨みを……？」

「だと思う。どうやら御津神家の周囲では、女ばかりが不自然に死んでいるみたいだから……」

説明と共に、小春が取り出したのは古い新聞記事の束だ。事件の記事や訃報《ふほう》掲載欄には『御津神』の名字がついた女性名ばかりが並んでいる。

大抵は事故だが、古い記事の中には『殺人』の文字まであって優衣は血の気が引いた。

「これを全部、あの悪霊が……？」

「記録がないから定かではないけど、皆結婚して三年以内には死んでる。数人だけ十年以上経ってからの人もいるけどね」

「差があるのは何でだろう」

「多分あの悪霊は、御津神家の男の『感情』に影響を受けるんだと思う。当時はお見合い結婚が主流だったろうから、愛のないまま結婚することの方が普通でしょう？」

「そっか。三年も経てば、段々と愛情も生まれる……」

「そうすると、あの悪霊が目を覚ます。だからこそ、私や優衣ちゃんの場合は襲われるタイミングが早かったのよ」

恋愛結婚を禁止する家訓も、きっと悪霊の性質を見抜いた故のものだったのだ。

「でも、なんで愛情をそこまで恨むんだろう……」

「記憶だと、この佳子って女性は夫からの愛に恵まれなかったみたい」

「その恨みを晴らしてるって事？」

「生前に得られなかった物に、悪霊が執着するのはよくある事よ。欲しがる気持ちが妬《ねた》ましさに変わり、妬ましさが憎しみと死を呼び寄せる」

その上、悪霊というのは、この世にとどまり続けることで姿や心を醜く歪めてしまう。

生前の心をなくし、残った恨みだけでこの世に縋りついてしまうのだ。

そしてそれは、長くとどまり続けただけ強くなる。

「優衣の話が本当なら、佳子さんは他の幽霊さえ操っていた。それほどの力がある幽霊は、そうそういないわ」

「力が強いと、成仏させてあげることは難しい？」

「不可能ではないと思う。でもそうするにはまず呼び出さないと……」

「おばあちゃんにならば、呼び出せる？」

「条件がそろえばね。でも失敗した場合、優衣ちゃんに危険が及ぶと思う」

今、佳子が一番排除したがっているのは優衣だ。もし除霊に失敗し怒りを買えば、そのすべてをぶつける先は確実に優衣になると小春は告げる。

「だからもし、これ以上怖い目に遭いたくないんだったら、このまま一馬さんと距離をとればいいわ。恋人のように触れあわなければ、あの悪霊はきっと襲ってこない」

「……私は、もう安全？」

「ええ」

でも一馬はどうなるんだろうとか、優衣は思わずにいられない。

このまま他人に戻れば、優衣は安全かも知れない。でも一馬には、常に佳子の怨念《おんねん》がつきまとっているのだ。

（もし別の誰かを好きになったとしても、その人とも彼は一緒になれない……）

そこで優衣は一馬が自分に向けてくれた優しい笑顔を思い出す。

佳子の存在によって、一馬は女性と距離を取らねばならず、恋を退け孤独に生きてきた。

でも本当の彼はきっと、誰かを愛し愛されることに飢えていたのだ。

だから優衣の「好き」という嘘を容易く信じ、嬉々として応えてくれていたに違いない。

（ずっと一人なんて、そんなの辛すぎる……。一馬さんはあんなに優しくて良い人なのに、誰にも愛してもらえないなんて絶対駄目だ……）

叶うなら自分がその誰かになりたい。

もしそれが叶わなくても、せめて彼には幸せになって欲しい。

「おばあちゃん、私一馬さんを……御津神家の人を佳子さんから自由にしてあげたい」

「優衣ちゃんなら、そう言うと思ったわ」

穏やかな笑みを浮かべ、小春が優衣の頭を優しく撫でた。

「儀式に必要な物は、実はもう準備しているの。だから早速明日の夜、佳子さんを呼び出しましょう」

小春の言葉に、優衣は大きく頷く。

（私たちならきっとやり遂げられる……）

そう自分に言い聞かせながら、優衣は自分の右手首を見つめる。

そこには自分の組紐と、一馬が捨てた組紐が巻かれている。優衣はその紐を、捨てずに取っておくことにしたのだ。

今はもう繋がっていなくても、彼と過ごした日々を優衣は忘れたくなかった。そしてあの幸せな日々があれば、きっと恐怖にも打ち勝てる。

そんな思いで、優衣は切れてしまった組紐にそっと唇を寄せた。

今度こそ一馬に幸せな恋が訪れますようにと、願いを込めて――。

◇◇◇　　　◇◇◇

翌日の深夜、小春の運転する車で優衣は儀式を行う場所へと向かうことになった。

「やっぱり、神社とかそういう所？」

「普通はそうだけど、もっと良い場所を見つけたからそこにするつもり」

幽霊を呼び出すには、それに適した場所があるのだと言う。やはり不気味な場所なんだろうかと考えながら車に揺られていると、優衣は車窓の景色に既視感を覚える。

（ん……？　なんかこの路、見覚えがあるんだけど……？）

優衣は方向感覚が悪く路の覚えも悪いが、それでも見覚えがあると確信できたのは、ホテルからゼディアゲームズへと続く道を車が走っていたからである。

あれっと思った時には、見覚えのある建物の地下駐車場に車が入っていく。

「ねえ、おばあちゃん……ここって……」

「あなたの働いてる会社よ。もうほんと、ここすごいのよ～」

「いや、すごいのは知ってるけど喜ぶような場所なの⁉」

「だってこんなに幽霊が出てきやすい場所ってないわよ。霊能力者だったら、喉から手が出るほど欲しがる物件よ」

「そ、そんなに……？」

「時々その筋の人に場所貸したら、多分滅茶苦茶お金になるわよ」

車を止めながらそんなことを言う小春に呆れていると、突然ボンネットの上に誰かが手をついた。

幽霊かと思って優衣は戦くが、よく見るとそこにいたのは荻野とゆかりである。

なぜこの二人がといぶかしがっていると、小春がにっこり微笑んだ。

「あの二人も、佳子さんを呼ぶのに必要な二人よ。幽霊っていうのは、一度取り憑いた人と路を繋ぐから、それを利用するの」

「まさか、ゆかりさん……⁉ 駄目だよ、そんなの危険すぎる！」

「路を借りるだけだから、危険な目には遭わせないわ」

「でもあれでしょ、ゆかりさんの身体に憑依《ひょうい》させるとかそういう……」

「憑依なんてさせないわよ、そもそも人の身体に霊を下ろすのはすごく大変だし、テレビでよく見るのは大抵いんちきだもの」

「えっ、そうなの？」

小春はにっこり笑って頷く。

（だったら、安心……かなぁ……）

不安を抱きつつ車を降りれば、早速荻野とゆかりに両サイドから抱きつかれる。

「小春さんから聞いたよ！　優衣ちゃん、社長に泣かされたんだって⁉」

「えっ……⁉」

「なのに社長のために除霊するとか、優衣ちゃんの愛深すぎ！　私も頑張って手伝うから、社長の愛と謝罪土下座、勝ち取ろうね！」

一体どんな話が伝わっているのかと戸惑うが、ゆかりの勢いに呑まれた優衣は何も言えない。

その上、荻野もねぎらうように肩を叩いてくる。

「一馬は一度好きになった物は絶対手放さないタイプだから、泣かなくて良いぞ！　なにせ小学校の時に買ってもらったメガドラを後生大事にしてるような男だから、優衣ちゃんのことも何だかんだ手放せないって泣きついてくるさ！」

稀少《きしょう》なゲーム機と並べられたことを光栄に思うべきか否か悩みつつ、ひとまず「ありがとうございます」と優衣は礼を言う。

二人の登場にまだ少し混乱しているが、事情を知ってまで協力してくれることは純粋に嬉しかった。

「でも、もし危険な目に遭いそうだったら絶対にすぐ逃げてくださいね」

「わかってるわよ。せっかくのシルバーウィークを病院やお墓で過ごすのは嫌だしね」

「右に同じ。俺も積みゲー消化したいし、いざとなったらゆかりを抱えて逃げるから安心してくれ」

どこまでも明るい二人の言葉に、優衣は思わず笑ってしまう。

すると身体から力が抜けて、自分がひどく緊張していたことを思い知らされる。

それを察して明るく笑ってくれる二人に囲まれ、優衣たちが向かったのは第七開発室だ。

その一番奥、毎日のように幽霊がたまる会議室がどうやら目的地らしい。

「あれっ、この会議室ってあんなにお札貼ってありましたっけ？」

会議室は扉以外がガラス張りなので、外からはよく見える。故にいつも幽霊がうようよしているのが見えるのだが、今日は代わりに壁に貼られた無数のお札が目についた。

「小春さんの指示で、二人が来る前に俺が貼っておいたんだ」

他にも除霊に使う蠟燭《ろうそく》や、あまり見たことのない人型の紙などが会議室だけでなく開発室の各所に置かれている。

どうやらこの場所を使おうと思った小春は、事前に荻野と連絡を取り許可と準備をお願いしていたらしい。

「っていうか、いつの間に連絡先を……？」

「私、顔のいい男の人の連絡先はゲットしておく主義なの」

「俺も、素敵な女性の連絡先はゲットしておく主義なので」

この二人は、妙なところで気が合うらしい。似たような言葉でけむに巻かれ、優衣は苦笑する。

するとやりとりを見ていたゆかりが、「私の除霊をお願いした時に、どうやら交換していたみたい」とそっと耳打ちしてくれた。

「ゆかりさんも、そのときに交換したんですか？」

「うん。小春さん、あのときからすでに今日のことを考えていたみたい」

近々優衣と一馬に良くないことが起こるかもしれないから、そのときは助けて欲しいと彼女は事前に話をつけていたようだ。

思えばマンションの駐車場で襲われた時から、小春は悪霊の正体に気づいているようだった。

（いやもしかしたら、おばあちゃんはもっと前から佳子さんの存在を薄々知っていたのかも……）

小春は聡《さと》いから、自分の怪我が幽霊のせいだと薄々わかっていたのではないだろうか。

もし和彦が守人の契約を破棄していなかったら、きっと小春はもっと早く佳子の存在にたどり着き除霊を行っていたのかもしれない。

（もしそうだったら、おばあちゃんと和彦さんは結婚してたりして）

となると自分と一馬は出会わないことになる。それは嫌だなと思ったことで、無意識に左手が右手首の組紐に触れていた。

一馬のことは考えないようにしようと思うのに、気を抜くとすぐ彼の顔が浮かんでしまう。

ため息をつくと、ゆかりに肩を優しく叩かれた。きっと彼女には優衣の憂いなどお見通しに違いない。

（だめだ、今は集中しないと）

とにかく佳子を成仏させなければ、自分と一馬に幸せな未来はないと自分に言い聞かせ、優衣も小春を手伝う。

霊の力を弱めるというお香を焚き、開発室全体の空気が浄化されたところで、小春は「始めましょう」と告げた。

「簡単に手順を説明すると、まずゆかりさんの力を借りて、佳子の霊をあの会議室の中に呼び出します」

会議室に貼られた札は霊を一時的に拘束する物らしく、一度現れたらしばらくは逃げることができないらしい。

「次に私と優衣の霊力を、会議室の中に送り込むの。そうすれば、いくら力のある悪霊でも浄化できるはず」

小春は簡単に言うが、優衣はそこで不安を抱く。

「でも私、おばあちゃんみたいに自分の霊力を自在に扱えないよ」

「わかってるわ。だから優衣には、この形代《かたしろ》を渡しておく」

手渡されたのは、人の形に切られた白い紙である。同じ物が会議室にも置かれており、それを通して優衣でも霊力を送れるはずだと小春は告げる。

道具があるなら心強いと思いながら、優衣はやってみると頷く。

それをみた小春は満足げに頷き、最後に部屋の電気を消すと火をつけた蝋燭をゆかりに手渡した。

「これを吹き消せば、悪霊は現れるはず。代わりにゆかりさんは意識を失うと思うから、荻野さんは彼女を支えてあげて」

「意識を失うだけですか？」

「ええ。そして念のため、彼女を連れて先に車に戻っていて」

いざというときのためにと小春が念押しをすれば、荻野はうなずきゆかりの背後に立った。

彼の腕が身体に腕を回った事を確認すると、ゆかりが手にした蝋燭をふっと吹き消す。

辺りが暗くなり、非常灯の明かりだけがぼんやりと開発室を照らす。

優衣は身構えるが、最初の数分は何も起きなかった。

（……あっ！）

しかし突然、会議室の中に置かれていた蝋燭にふっと明かりがともる。途端に真っ黒な影が現れ、不気味な白い手がガラスにべったりと張り付く。

同時にゆかりが気を失い、荻野が彼女を抱き上げた。

二人が開発室を出て行く間に、影は更に大きくなっていく。

会議室のガラス越しに、こちらをじっと見つめているのはやはり佳子だった。

白い和装姿の彼女は、生前は美しかった顔を鬼のように歪め、優衣をにらみつけている。

何か言いたげな顔が気になって、優衣は一歩彼女に近づく。しかしそれを小春が慌てて止めた。

「悪霊にはもう言葉が届かないわ。逃げられる前に、浄化してしまいましょう」

準備をしろと促され、優衣は慌てて会わせた手の間に形代を挟んだ。

そして目を閉じ、意識を形代に集中させる。すると僅かではあるが、自分の内側から何かが外に流れていくのを感じる。

(でも、すごく少ない……)

一馬とキスをする時はもっと霊力が溢れ出すのに、どれだけ集中しても量は一向に増えない。

焦ると気持ちが乱れ、形代に流れ込む霊力が明らかに減った。

「優衣、集中して」

「ご、ごめんなさい……」

慌てて気持ちを戻そうとするが、そこでひときわ大きな絶叫が会議室から響く。

激しくガラスを叩く音が重なり、不気味な手形がガラスにヒビを走らせる。

すると今度は、逆に小春が苦しそうに呻きだした。

「想像より……ずっと強い……」

悪霊が暴れ、会議室に貼られたお札が一枚、もう一枚と剥がれだす。

お札が床に落ちるたび、禍々《まがまが》しい気配があたりに満ちる。そして気がつけば、すぐ近くで不気味な呻き声が聞こえ始めた。

(どうしよう、幽霊の気配が……増えてる……)

儀式のために、開発室は小春が事前に除霊をしたはずだった。しかし悪い気はどんどんと溢れ出し、空気がより一層重くなる。

(もしかして、佳子さんが呼び出してるの……？)

以前佳子は、悪霊をけしかけ優衣を襲わせた。それと同じ事をしようとしているのかもしれないと思うと、青白い腕が優衣の足首をつかむ。

「きゃっ……！」

思わず悲鳴を上げると、小春が手にしたお札で優衣に縋りつく腕を払った。だがすぐまた新しい腕が現れ、きりがない。

悪霊に気を取られているうちに、佳子の気配が再び大きくなる。

小春が優衣を守るのを優先しているため、佳子を祓う方に霊力を回せないのだ。

(だめだ、ここにいたら……逆に足手まといになる……)

幸いなことに悪霊は小春には手を出さない。ならばと、優衣はその場から駆けだした。

「駄目よ、この部屋から出たらもっと襲われる！」

「でも、ここにいたらおばあちゃんまで巻き込んじゃう！」

それに今は佳子の除霊に集中してもらわねば、目的は果たせない。

優衣は覚悟を決め、開発室を飛び出す。

荻野が特別に会社を開けてくれているものの、開発室以外は閉まっていてエレベーターも動いていない。

唯一鍵の開いていた非常階段に出ると、ここにも嫌な気配が満ちている。

「あれ、優衣ちゃん⁉」

下から声をかけられ視線を落とすと、ゆかりを担いだ荻野が二階下にいる。このまま下れば巻き込むと気づき、優衣は上へと駆け上がった。

けれどすぐに足をつかまれ、何か悪い物がずるりと優衣の中に入り込む。持ったままの形代を押しつけると拘束は解けるが、すぐに別の何かが優衣をつかみ身体の内側を貪り始める。

（……痛い、苦しい……ッ）

身動きが取れなくなり、優衣は苦痛に身をよじる。

そして絶え間なく続く激痛に耐えきれず、優衣はそのまま意識を手放しかけた。

「……優衣‼」

けれど響いた声が、彼女を現実に繋ぎ止める。

目を開けると、一馬が動けなくなった優衣を抱き上げていた。

「どう、して……」

「社長室で仕事をしていたら、霊の気配と君の悲鳴が聞こえた気がして……」

そこで一馬は、下から這《は》い上がってくる悪霊に目を向ける。

追っ手をかいくぐるように駆け出す一馬を見て、優衣は必死にかぶりを振る。

「だめ……お願い……一人で逃げて……」

「逃げられるわけないだろう！」

「でも、私……もう……」

「絶対に嫌だ！　君に何かあったら、組紐を切った意味がないだろう！」

優衣を怒鳴りつけながら、一馬は一気に階段を駆け上がる。

そのまま二人は屋上へと飛び出すが、追い縋ってきた霊に足を取られ一馬は引き倒されてしまった。

倒れた拍子で投げ出された優衣は地面に手をつき、そして大きく息を呑む。

（う、そ……そんな……）

気がつけば、彼女の手は真っ黒に汚れている。それは一馬の身体に浮かび上がった痣ととてもよく似ていた。でもあのときより禍々しく、いくら擦っても落ちない。

必死に幽霊を祓ってきたけれど、思っていた以上の悪霊に優衣は取り憑かれてしまったのだろう。

倒れたまま立ち上がることもできず、意識も混濁し始める。

「しっかりしろ、優衣……！」

そこでもう一度、一馬が優衣を抱き起こした。

同時に、彼は急いで彼女の唇を奪う。だが普段ならそこで溢れる霊力が、今日は欠片も出てこない。

霊は消えず、キスのぬくもりも感じられない。側にいるのに、一馬のことを優衣はもう感じることができなかった。

（……やっぱり、元には戻らないんだ……）

口づけが重なるたびに、優衣は二人の間にあったはずの絆が完全に断たれたことを思い知る。

いや、そもそも元から絆なんてなかったのかもしれない。二人を繋いでいたのは守人の契約だけで、それも組紐が切れれば消える程度の物だったのだと、優衣は痛みの中で知ってしまった。

「に……げて……」

「嫌だと言っただろう！」

「私、もう……一馬さんのこと……助けられない……」

今は優衣だけを狙っているが、悪霊はいつまた一馬に牙を剥くかわからない。

現に今も、悪霊の一部が一馬に迫っているのが見えて、優衣はあえて霊に向かって手を伸ばす。

彼の代わりに霊を取り込み、優衣は最後の力を振り絞って一馬を突き飛ばした。

（やっぱり、あのとき……もっとちゃんと別れておくべきだった……）

一馬が自分を突き放したように、優衣も彼を突き放すべきだったのだ。

二人に残るつながりに佳子と霊たちが刺激を受けている気がして、優衣もまた自分の手に巻き付いた組紐を引きちぎる。

「駄目だ、優衣……！」

一馬の言葉は、もはや優衣には届かなかった。

全身に激痛が走り、内側から食われるようなおぞましい感覚に悲鳴がこぼれた直後、二人の間に佳子が現れる。

『もっとハヤく、諦めれバ良かったのニ……』

にたりと笑い、倒れた優衣に佳子はゆっくりと覆い被《かぶ》さってくる。

「……どう、して……」

『老い夕守人の力くらイで、私ハ消せナい』

その手が優衣に触れた瞬間、ズブリと佳子の一部が優衣の中に入り込む。

すると痛みは激しさを増し、優衣の意識は真っ暗な闇へと呑まれていった。

◇◇◇　　　　◇◇◇

遠くで、誰かが泣いている。

あまりに苦しげなその声に、優衣ははっと目を開けた。

真っ暗な闇の中に、ぼんやりと女が浮かび上がっている。

既視感を覚えながら、優衣は女の方へゆっくりと歩き出した。

（あれは……佳子さん……？）

その姿を認識した途端、彼女に襲われたことを思い出し背筋が凍る。

一体自分がどうなってしまったのか、優衣には全くわからない。

だが以前とは違い、佳子と優衣の距離は近づいていた。

どうやらここは、以前見た夢の続きのようだった。

泣いているのは佳子で、その肩に触れられる距離に優衣はいる。

近づくのは、やはり恐ろしい。

けれど泣いている彼女を放っておけず、優衣はその肩にそっと手を置いた。

途端に闇が消え、一馬にそっくりな男がゆっくりとこちらに背を向けるのが見えた。

『どうして……どうして、私を捨てるの……』

男に縋りついているのは、佳子だった。佳子の目を通して、どうやら優衣はこの光景を見ているらしい。

『……お前を、愛していないからだよ』

男は声もまた一馬によく似ていた。だから佳子の心を通して、優衣もまた傷ついた気持ちになる。

二人の心が重なった途端、優衣の中に流れ込んできたのは見知らぬ感情と光景だった。


最初に見えたのは、一馬に似た男と佳子が出会った時のものだった。

二人は一目で恋に落ち、瞬く間に愛を育んだ。

結婚し、娘も出来て、二人はとても幸せそうに見えた。

でも次の場面では、佳子が苦しそうに咳《せき》を繰り返していた。そんな彼女から目を背け、男は遠くへ行ってしまう。その姿に女の影がまた一つ、二つとちらつき始めると、どす黒い負の感情が優衣の中に溢れ始める。

(これが……佳子さんが悪霊になった理由……？)

病気で弱る彼女を見捨て、男は他の女の元を訪ねていく。たった一人の残された佳子は血を吐きながら彼を呪い、そしてついに離縁状がその手に落ちてくる。

『子をなせない女は用済みだ。さっさと、私の元から消えるがいい』

冷酷な声が響き、男は佳子の手に金を握らせ彼女の元から去って行く。

憎い、妬《ねた》ましい――そんな気持ちが膨れ上がり、身を裂くほどの苦しさが優衣と佳子をさいなむ。

どす黒い感情に流され、優衣もまた目の前の男を憎いと感じた。

だが一方で何かが『違う』と心の中で叫ぶ。

違う、チガウ……違う……。

そこじゃない――。

恨めしいのは彼じゃない――。

相反する気持ちが優衣と戸惑い混乱させたとき、何かが優衣の腕をぎゅっとつかんだ。

遠くで、目を覚ませと誰かが告げる声がする。

しかしその声は憎い男の声によく似ていて、優衣は咄嗟に腕をはね除ける。

この声は忌むべきものだ、排除するものだと叫ぶ声がして、優衣は目の前にある誰かにつかみかかった。

『あんたが……あんたが私を愛さなければ……‼』

喉からほとばしる声は優衣の物ではなかった。

目を開けると、優衣は夢から覚めていた。けれど身体も心も佳子と重なり合ったまま、その腕は憎い男の首をきつく締め上げている。

このまま殺さなければ、苦しみの中で死なせなければと言う気持ちがせり上がり、優衣はぐっと指に力を込める。

「……優衣ッ……」

だがその声が、彼女に心を取り戻させる。

（チガウ……違う。この人は違う……！）

慌てて手を緩めると、身体からがっくりと力が抜けた。

倒れた身体を一馬が抱き支え、ぎゅっと強く抱きしめてくる。

『あなたが、憎い……』

優衣の中の佳子が、一馬に憎悪を叩き付ける。

けれど彼は腕を緩めなかった。それどころか、より強く腕に力を込める。

おかげでまた少し、優衣の心が佳子から乖離《かいり》する。しかしまだ、身体は言うことをきかない。

『この女も憎い。この女の愛が……憎い……』

「あんたが恨んでいるのは御津神家の男だろう。なら俺に復讐《ふくしゅう》をしろ、優衣には手を出すな……！」

『それデは、変わらナい。愛スることが……罪なのだ……』

「だとしても罰せられるのは俺だろう。優衣を愛したのは俺だ、彼女の嘘につけ込んで縋ったのも俺だ！」

一馬の言葉に、優衣の心が驚きに震えた。

彼女の戸惑いはほんの僅かだが瞳に表れていた。それに気づいた一馬が、そっと微笑む。

「知ってたんだ、好きだって言葉が俺のための嘘だって事は……。でも優衣が欲しくて、困っているとわかっていながら、その嘘に縋った……」

すまないと謝りながら、一馬は優衣の唇をそっと撫でる。

「最初にキスされた時から、多分優衣が好きだった。だからこの恋は俺の恋だ、罪を被るべきは俺だ」

その言葉に、優衣の中の佳子が強く反応する。

『自分を愛していない女のためニ、死んでもイいのか……？』

「構わない。彼女が生きていられるなら、それでいい」

駄目だと、優衣は心の中で叫んだ。

けれど彼女の中の佳子は、優衣を捨て一馬に取り憑こうとうごめき出す。

彼に取り憑きその魂を喰らう気なのだとわかっているのに、優衣は指一つ動かせない。

やめて欲しいと目で訴えても、一馬はただただ微笑んでいる。

「嘘でも、好きって言われた事が嬉しかったんだ」

そう言って、彼は最後にもう一度優衣の唇を奪う。

その瞬間、優衣の脳裏に彼との日々がいくつも蘇る。

あの甘い表情も、自分に向けられたい愛おしげな笑顔も、すべて本物だった。

優衣の嘘に引っ張られた物ではない、心からの愛情だった。

(ようやく気づけたのに……このまま、終わるなんて嫌……)

彼の恋を、そして自分の恋をこのまま終わらせたくない。

そんな思いが過去に囚《とら》われていた心と体に、力を取り戻させる。

最後のキスを終え、離れていこうとする一馬の首に優衣はぐっと腕を伸ばした。

そして最初のキスの時のように、優衣の方から強引に唇を奪う。

(ここで、終わらせたくない……!)

直後、強い思いと共に霊力が溢れ出し、佳子の魂が身体から弾き出される。

同時に優衣の身体から、悪い霊たちも消えていく。先ほどのキスで流れ出した霊力は、優衣の内側と周辺の霊を瞬く間に浄化した。

「……優衣?」

驚き唖然とする一馬の顔を見て、優衣は笑う。

まだ力が入らず少し情けない笑顔になってしまったけれど、優衣が元に戻ったと一馬は気づいたらしい。

「……君、なんだな？」

「一馬さんのおかげで、なんとか追い出せたみたいです」

ありがとうと伝えたかったのに、言うより早く唇を奪われる。すると再度霊力が溢れ、すぐ側で苦しげな呻き声が響いた。

慌てて唇をはなし、優衣たちは声の方へと目を向ける。

『……な、ぜ……』

そこには地に伏し、苦しげに悶える佳子の姿があった。

優衣の魔力を浴び、もはや姿さえ保てなくなっている。

薄くなり始めた身体を震わせながら、彼女は『なぜ……どうして……』と泣いている。

その目には、もう優衣たちは写っていない。遠く、虚空を見つめながら、何かに苦しんでいるように見えた。

その姿が哀れで、優衣はようやく自由になれた身体をゆっくりと起こす。

「……優衣？」

どうするつもりだと、一馬が不安げに優衣の手をつかむ。

「少し気になることがあるんです。佳子さんに取り憑かれた時、彼女の過去が見えたんですけど……」

「御津神家の男に裏切られたという、過去か？」

「知ってるんですか？」

「小春さんから、少し前に資料が送られてきたんだ。それで読んだ」

どうやら小春は、一馬にも佳子の正体を教えていたらしい。

ならば話が早いと思い、優衣は一馬と手を繋いだままゆっくりと立ち上がる。

「裏切られた憎しみとは別の後悔がありそうなんです。それが気になってしまって……」

だからもう一度、佳子に近づきたいと言えば、一馬の顔が途端に険しくなる。

「まさかまた取り憑かせる気か？」

「今度はもう乗っ取られたりはしませんから」

「保証できるのか？」

「だって、一馬さんがいるから……」

そう言って手を持ち上げると、二人の手首にはいつの間にか組紐が戻っている。

一馬はそれに驚いたが、優衣はやっぱりという気持ちだった。

先ほどキスをした時、より強いつながりを一馬との間に感じたのだ。そのつながりがあれば、今までよりもっと上手く霊力をコントロールできる気がする。

「お願いします。佳子さんのこと、なんだか他人だと思えないんです」

そう言って頭を下げると、一馬は渋々だが頷いた。

「何かあったら、すぐ君にキスするからな」

「はい、お願いします！」

うなずき、優衣は一馬と手をしっかりと繋ぎ直す。

そして倒れる佳子に、優衣はもう片方の手を伸ばした。


その途端、再び見覚えのない景色が優衣の脳裏を駆け抜ける。

それもまた恨みと後悔の記憶だったけれど、どこか深い悲しみも感じられる景色だった。

佳子は墓の前で一人で泣いていた。膝をつき、泣き崩れるその手には誰かからの手紙が握られている。

『私が……私のせいだ……私が殺した……』

泣き伏せる佳子が縋る墓石には、御津神と掘られている。

その状況に、優衣は戸惑った。てっきり、死んだのは佳子の方が先だと思っていたのだ。

そして自分を捨てて幸せになった男を呪い、恨みをためていったに違いないと考えていたが、どうやらそうではないらしい。

次の瞬間佳子の光景は消え去り、気がつけば優衣の側には一馬がいた。

「今のは……」

「一馬さんにも見えたんですか？」

「ああ。それで思い出したんだ、御津神家には歴代当主に関する逸話がいくつか残されているが、その中に一つだけ、あまり語られない話がある」

言いながら、一馬は苦々しそうな顔をする。

「自分も大昔に曾祖父《ひいじい》さんから一度聞いたきりで忘れていたが、多分その当主の名は京介《きょうすけ》と言ったはずだ。顔立ちが美しいが財をなす才能に恵まれず、彼のせいで家が傾きかけたと言う話だ」

「じゃあ、その人が佳子さんの……？」

「たぶんそうだろう。京介は良家との結婚で家を建て直そうとしたが、家に来た女中を見初《みそ》め強引に結婚してしまった。だが女は病持ちで、子供を一人産むとすぐ倒れたという」

話を聞けば聞くほど、その女性は佳子のような気がした。

そして佳子もまた、一馬の言葉に僅かな反応を見せる。

「女性の方はほとんど記録が残っていなかったが、京介はその女をずいぶんと愛していたそうだ。彼女の病を治すため、知り合いの家を回り金を集めたらしいが、そう上手くはいかなかった。そしてその男は少し美しすぎた……」

一馬が言うと、そこで佳子がぽろぽろと涙をこぼし出す。

「京介にはその美しい姿しか取り柄がなかった。だから金持ちの女たちの愛人となり、身体を重ねることで治療費を稼いでたんだ。だが心労がたたり、結局最後は彼もまた病で亡くなったと言われている」

「じゃあ京介さんに愛人がいたわけじゃなくて……」

「京介自身が愛人だったんだよ。恥も外聞もない最低の男だと御津神家では思われていて、京介のこともその妻のことも公式の記録には残されなかったくらいだ。でも恋愛結婚をするなって家訓は、多分彼からきているんじゃないかって、曾祖父さんは渋い顔をしていた」

言いながら、一馬はそっと佳子の側に膝をつく。

「だが俺は、京介を立派な男だと思う。そしてさっきの光景を見るに、あんたは彼のしたことを知ってたんだろう？　なのになぜ、今も御津神家の男を恨む」

問いかけに、佳子は泣きながら一馬をじっと見つめた。

『愛さなければ……京介は幸せになれた……。私がいたから、……私が、私が……私が、憎い……』

泣きながら訴える佳子の声に、優衣はようやく彼女の想いに気づく。

「佳子さんが許せなかったのは御津神の男ではなく、男に愛される女の方だったんですね」

優衣の言葉に、佳子はゆっくりと頷く。

「自分が憎かったから、御津神家の男を愛する女に自分の姿が重なった。いつかまた京介さんのような不幸に見舞われるかもしれないと、それを恐れた……」

佳子はさらにうなずき、そしてごめんなさい……と言いながらその姿を薄れさせる。

多分彼女だって、こんなにも長い間、呪いを残すつもりなどなかったのだろう。

でも深い後悔と自分を許せない気持ちが彼女を縛り付け、思いを歪ませ、悪霊にしてしまったのだ。

そして守りたいはずの御津神家の男さえ、襲うようになってしまった。

（でも彼女の気持ちもわかる。好きだからこそ、自分が大切な人を不幸にさせたと知ったら、私だって耐えられない……）

その上佳子は、一度は何も知らず京介を恨んでしまったのだ。その後悔もまた彼女を苦しめたのだろう。

ごめんなさい、ごめんなさいと繰り返し、佳子はゆっくりと消えていく。

悲しげに震える背中をそっと撫でると、そこで一馬もまた佳子の肩に手を置いた。

「謝らなくていい。あんたは御津神の男を恨むためじゃなく、救うためにずっとここにいたんだろ。だったら胸を張って、あの世で京介に会いに行けば良い」

一馬の声に、佳子がはっと顔を上げた。

「俺もそうだからわかるが、御津神の男は無駄に一途なんだよ。そのせいで馬鹿みたいな暴走もするが、好いた相手を恨んだり憎んだりは絶対にしない」

だから早く京介の側に行ってやれと告げる言葉に、佳子はようやく微笑み消え始めた。

霧散していくその姿を見送りながら、一馬がそっと優衣を抱き寄せる。

彼のぬくもりを感じていると、安心感で身体から力が抜けそうになる。

けれどまだ、ここで倒れるわけにはいかない。

「おばあちゃんを、さがさないと……」

ふらつく身体で歩き出そうとすると、そこで非常階段へと続く扉が勢いよく開いた。

そこから飛び出してきたのは小春と荻野で、二人は優衣たちを見るなりほっとした顔をする。

胸を撫で下ろしたのは優衣も同じで、小春が無事だとわかると今度こそ力が抜けてしまった。

「おい、優衣……!?」

「ごめんなさい、今更……腰が抜けちゃったみたい……」

情けない笑顔を一馬に見せると、彼もすぐ隣にしゃがみ込む。

「……俺も、抜けたかもしれない」

優衣を安心させるための嘘かと思ったが、よく見れば彼の顔が少し赤い。

恥ずかしそうに手で顔を隠す一馬がなんだか愛おしくて、優衣はそっと彼に身を寄せた。

「幽霊、苦手なのに助けに来てくれてありがとうございます」

「苦手じゃない、嫌いなだけだ」

聞き慣れた言い訳に愛おしさを感じながら、優衣は笑みを深める。

側にあった一馬の手をぎゅっと握りしめれば、一馬も握り返してくれる。

（ようやく終わったんだ……）

その実感と共に、優衣はそっと一馬の肩に頬を寄せたのだった。

第七章

佳子を成仏させてから二日後、一馬のマンションに戻った優衣はベッドの上で穏やかな時間を過ごしていた。

穏やかだが、だからこそ少し優衣は心苦しさを感じている。

すべてが終わった後、立てなくなったのは腰が抜けたからではなく霊力の枯渇によるものだったのだ。

その後身体が完全に動かせなくなり、この二日は殆どこのベッドから降りられていない。

今日はだいぶ活力が戻っていたが、それでも「念のためまだ起きるな」と一馬に言われ、昼間からタブレットでお絵かきをしていた。

連休中なので仕事はないものの、騒動の後片付けをすべて小春たちに任せることになったため、初日は今日以上に申し訳ない気持ちだった。

その上倒れたことを気に病んだ一馬が、甲斐甲斐《かいがい》しく世話まで焼いてくる。

「優衣、何か食べるか？」

「一馬さん、私を太らせるつもりです？　一時間前にケーキ持ってきたところでしょう」

「だが作業の合間には甘い物が欲しくなるかと思って」

高級チョコの箱を手に側に来られると、食べたばかりなのに手を伸ばしたくなる。

そんな葛藤を察し、優衣の口元に一馬がチョコを差し出した。

「うう、我慢してるのに……！」

「一個くらい良いだろう。それに甘い物は霊力を回復させると小春さんが言っていたぞ」

「それ、おばあちゃんの嘘ですよ絶対」

甘い物好きな小春は、毎日やたらと甘味ばかり食べたがる。糖尿病になると優衣は心配するが、小春は「霊力が高まる」とか「未来がよく見えるようになる」と言って、優衣の小言をかわすのだ。

そして優衣の言葉を聞かないのは一馬も同じらしい。

鼻先でチョコをくすぐられ、結局優衣はぱくっと口に入れてしまう。

その際指先が唇をかすり、こそばゆさに頬が赤くなる。

（そういえば、あれからまだ一度もキスしてない……）

霊力を奪ってしまわないようにと、この二日は必要以上の接触さえしていない。

こうして側にはいてくれるが、だからこそ一馬に触れられないのが辛かった。

「何か、飲み物も飲むか？」

「飲み物くらい自分で取りにいけます。もう普通に動けるし、一馬さん過保護すぎます」

「過保護にもなるだろ。俺が、どれだけ心配したと思ってる」

不安げな顔で優衣の頬に手を伸ばし、一馬は慌てて手を引っ込める。

触れてもらえるかと期待した優衣はがっかりするあまり、彼の方へと身体を傾けた。

「本当にもう大丈夫です。だからそんなに、遠慮しないでください」

「だが、それでももし何かあったら……」

「大丈夫です。それに前よりも自分の霊力は上手くコントロールできるようになったし、一方的に一馬さんに奪われたりはしません」

そう言って、優衣は一馬の手をそっとすくい上げる。

そのまま指を絡めると彼もおずおずと手に力を込めてきた。

「ほら、全然平気でしょ？」

「俺は、平気じゃない」

「そんなに不安がらずとも、大丈夫ですってば」

「そういう意味じゃない。触れられると、色々と我慢ができなくなるだろう」

ため息と共に向けられた視線に、優衣はドキッとしてしまう。何かをこらえるように細められた目元には、激しい情欲が見て取れたのだ。

「べ、別にしてくれても、私はいいんですけど……」

「だからあおるな！　そういうことは君の身体が元通りになって、その後踏むべき手順を踏んでからじゃないとできない」

「待ってください、踏むべき手順ってなんですか？」

「……俺は君の嘘につけ込んだと言っただろう。その嘘を本当にするまでは、もう手は出さない」

大真面目に宣言した一馬を見て、優衣は今更のように自分の気持ちを伝えていなかったことを思い出す。組紐と共にすべてが元通りになった気でいたし、かいがいしく世話を焼かれていたため恋人同士になれたつもりでいたのだ。

一馬を不安にさせていたことを申し訳なく思いつつも、いざ気持ちを言葉にしようと思うと、やはり緊張してしまう。

でも尻込みをしている場合ではないと自分に言い聞かせ、優衣は一馬の頬にそっと唇を押し当てる。

「た、確かに最初の告白は嘘でした。でも最後は、ちゃんと好きでしたよ？」

「……それは、守人の契約に引っ張られたからではないのか？」

「ないですよ。だって組紐を切られたあとも一馬さんのことが好きで、だからこそずっと辛くて……」

佳子のことを成仏させたかったのも、もう一度彼とやり直したいという思いがあったからこそだ。

「むしろ一馬さんこそ本当に私のこと好きなんですか？　最初からって言ってましたけど、一目惚《ひとめぼ》れされるほど可愛くないし、一馬さんだって好きって感じじゃなかったし」

「優衣は可愛かったよ。だが、そう思う気持ちに戸惑っていたんだ」

一馬はそっと微笑み、優衣の頬を優しく撫でる。

「誰かに目を奪われるのも、自分の物にしたいと思ったのも初めてだった。だからその気持ちが持つ意味もわかっていなかったし、感情を表す方法もあのときは知らなかったんだ」

佳子の妨害や、一馬の持つ容姿と肩書きのせいで、彼はずっと誰とも恋ができなかった。

女性は自分を幻滅させる存在で、自分から近づきたいと思ったことさえなかったのだと彼は告白する。

「だから君と守人の絆を結べた時、嬉しかった」

「もしかして、恋人になるなんて言い出したのも……」

「あのときはまだ自分の感情の意味に気づいてなかったが、何としても君を側に置きたかったんだ。キスをするならそうした関係になるべきだと思ったし、優衣となら抵抗はなかった」

ある意味浮かれていたんだろうなと、一馬はそこで苦笑する。

「そして君を恋人のように扱うのは、嬉しくて楽しかった。キスされるだけで柄にもなく舞い上がって、だから赤の他人でいようと言われた時はかなり凹《へこ》んだよ」

「もしかして、私の嘘に乗ったのも赤の他人に戻りたくなかったから？」

「それもある。……だが一番は、荻野に君を取られたくなかったんだ」

確かにあの頃、一馬は荻野をやたら敵視していた。

その意味に優衣はようやく気づく。彼は優衣を奪われるのではと、不安だったのだ。

「あいつに嫉妬している自分に気づいた頃から、優衣に恋をしていると薄々気がついていた。最初は戸惑ったし、家訓を理由に自分を律しようとしたが駄目だった。その上、嘘でも君に好きと言われたら、もう気持ちを隠せなかった」

だから彼は、優衣の嘘に全力で乗っかったのだ。優衣のためではなく彼自身のために。

「好きな相手と過ごすことが、こんなに幸せだとは思わなかった。だから馬鹿みたいに浮かれて、君に甘えた自覚はある」

「確かに一馬さん、いっつも視線が甘くて戸惑いました」

「……さすがに、気持ち悪かったか？」

「そうじゃなかったから、困ったんです。嘘を告白しなきゃいけないのに一馬さんは優しくて、甘くて、私のことを大事にしてくれた……。そんなあなたを、私もどんどん好きになってしまって」

「本当か？　嫌々では、なかったのか……？」

「嫌なわけないですよ。あんなに大切にされて、甘やかされて、好きにならない方が無理です」

優衣の言葉に、一馬が何かをこらえるように口元を手で押さえた。

見れば彼の顔は真っ赤で、酷く戸惑っている。

その表情に愛おしさを覚え、優衣はつい一馬にぎゅっと抱きついてしまう。

「……それになんか、可愛いって思ってました」

「普通は、格好いいじゃないのか……？」

「そうやってすぐ拗ねるところとか、結構子供っぽいところとか、可愛くてキュンとしちゃうんです」

「まあ、君に好いてもらえるのならいいが……」

と言いつつ、やっぱりどこか不服そうな顔を優衣は可愛いと思ってしまう。

でもきっと、そう思うのも少なからず一馬に好意があるからなのだ。だからこそ、彼が自分に見せる色々な顔に目を奪われ、好感を覚えていたのだろう。

「でも私も恋とかしたことないし、自分の気持ちにはちゃんと気づけなくて……。それに嘘をついた手前、優しくされることに心苦しい気持ちもあって……」

「こんなことなら、嘘だとわかっていると言ってしまえば良かったな」

「むしろ、私がもっと早く嘘だと告白すべきだったんです。一馬さんを好きだって気持ちと一緒に……」

「今告白してくれたし、気に病むことはない。それにあまり早く両思いだと気づいていたら、佳子がもっと暴れていただろうしな」

「それはまあ、確かにそうかも」

せっかく想いが通じ合っても、佳子がいたままでは普通の付き合いなど無理だっただろう。

「それに御津神家の男は一途すぎますから、両思いだったらもっと暴走していたかもしれませんね」

「暴走って何だよ……」

「だって一馬さん、私を遠ざけるためにいきなり組紐切ったりしたじゃないですか」

「あれは、じいさんに脅されたからだよ。『守人の絆は愛情を加速させる。思いが強まれば佳子が必ず殺しにくる』って」

どうやら一馬が和彦を追いかけていったあと、そんな会話があったらしい。そう言われて焦る気持ちもわかるが、優衣としてはもう少し自分の意見も聞いて欲しかった所だ。

そんな不満が顔に出ていたのか、一馬が申し訳なさそうに優衣の額に口づけを落とす。

「今後はちゃんと、優衣の意見も尊重する」

「約束ですよ？」

「一人で何か勝手に決めたり、突っ走ったりはしない。それで不幸になった二人を、この目で見たばかりだからな」

佳子と京介のことだと、優衣はすぐにわかる。確かにあの二人は、お互いを思い合うばかりにすれ違ってしまった。気持ちや考えを隠さず、もっと違う選択ができていたらと思わずにはいられない。

「優衣の気持ちも、自分の気持ちも大事にするし、もう隠さないようにするよ」

一馬の言葉に、優衣もまた同じ気持ちで頷いた。

自分の気持ちを表に出すのはまだ少し怖いし恥ずかしいけれど、一馬との絆は壊したくない。だから自分から一馬に身を寄せ、優衣は思いきって口を開く。

「じゃあそろそろ、この過保護もほどほどにしてくれますか？」

「ほどほどどころか、君に無理をさせかねないが良いのか……？」

「良くなかったら、ちゃんと言いますよ。それに私も、そろそろ限界です」

そう言って優衣の方から唇を奪うと、一馬が戸惑いながらもそれに応える。

「前から思っていたが、優衣は時々大胆だな」

「自分でもびっくりしてます。不思議と、一馬さんには結構グイグイいけるみたいで」

「俺だけに見せる顔だとおもうと、そそるな」

そう言って怪しく微笑む顔は、きっと優衣だけの物だ。

それが嬉しくて、もう一度唇を重ねようと顔を傾ける。

だが二度目のキスは、唇が触れあう寸前で取りやめとなった。

甘い空気をぶち壊すように、寝室のドアが、突然開いたのである。

「あらごめんなさい。お邪魔しちゃったわねぇ」

などと笑っているのは小春で、その後ろには気まずそうな顔で佇《たたず》む和彦の姿がある。

優衣がぎょっとして固まっていると、一馬がうんざりした顔でため息をこぼした。

「じいさん、あんたは何度俺たちの邪魔をすれば気が済むんだ……」

どちらかと言えばそれは小春に言うべきだと思うのだが、一馬の不満げな視線は和彦へと向いている。

「いや、様子を見に行こうと言ったのは小春ちゃんで……」

「でも、この家の鍵を持ってるのはじいさんだろ！　っていうか、今『小春ちゃん』って言ったか?!」

一馬の指摘に、和彦がもごもごと言いよどむ。そんな彼に、うふふと笑っているのは小春だ。

「和彦さんに佳子さんの顛末《てんまつ》を話したら、二人にどうしても謝りたいって言うから来たのよ」

「謝りたいというか、様子が気になっただけだ」

「その様子も一人で見に行けず、付き合って欲しいって言ったのはどなたかしら?」

小春の言葉に、和彦は真っ赤になって唸っている。

この老人はこんなにも可愛い顔をする人だったろうかと思っていると、意を決した顔で和彦が優衣を見た。

「身体は、もういいのか？」

「はい、おかげさまでもう大丈夫です」

「……この前は、事情も聞かず失礼な言葉を投げかけて申し訳なかった。そして孫を助け、佳子を祓ってくれたことに感謝する」

深々と頭を下げられ、優衣は慌ててしまった。

そして慌ててベッドを下りようとしたが、一馬の腕に阻まれてしまう。

「いっそ土下座でもさせれば良い。じいさんは優衣だけでなく、小春さんにまで酷いことしたんだろ」

「そ、それはお前と同じく彼女を助けたかったからだ。佳子はどんな霊能力者でも祓えず、もし小春ちゃんが殺されたらと気が気でなくてな……」

「じいさんは、佳子のことを知ってたんだな」

「たまたま、佳子に恋人を殺された当主の手記を読んだんだよ」

「なら、なんでもっとはやく俺に言わなかったんだ。言ってくれれば、事前に対処もできただろう」

「それは、お前が私と考えや行動が似すぎていたからだ。私は佳子の存在を知っていながら、彼女を甘く見ていた。小春と付き合いだした時も、自分ならば大丈夫だろうと高をくくっていたんだ」

とはいえ小春の身に何かあればとは思い、和彦は霊能力者を雇い佳子を成仏させようとしたらしい。

だがそれが佳子をより怒らせる結果となり、そのせいで小春は生死をさまよう程の事故に遭ったのだ。その後も除霊が上手くいく兆しはなく、最終的に彼は小春を手放すと決めたのだと言う。

「それにお前は、小さな頃からあまり女性に興味がなかった。家訓だけでも十分女を遠ざけると思ったのだ」

恋の障害というのは、時に愛を燃え上がらせる。それを身をもって知っていた和彦は、一馬にあえて何も言わないという選択をしたようだ。

事情を知れば、和彦の決断を責めることはできないと優衣は思う。それは一馬も同じだったようで、「もう隠し事はするな」と言うと、それ以上声を荒げることはなかった。

「ふふ、じゃあこれで万事解決かしら」

一馬たちのやりとりを見て、小春がのんびりと笑う。だが優衣は、彼女にも聞きたいことがあった。

「まだ一つわからないことがあるの。私たち一度守人の契約を断ったはずなのに、気がついたら組紐が戻っていて……」

そう言って優衣が手首を持ち上げると、和彦が驚いた顔をする。けれど小春の方は笑みを全く崩さなかった。

「そりゃあそうよ、守人の絆はそう簡単に切れるものではないわ。切れたように見えても、繋がりたいと思う気持ちが互いにあれば何度でも復活するのよ」

「でもおばあちゃん、切れたら繋ぎ直せないって前に……」

「あれは一馬さんを後押しするための嘘よ、嘘。もうわかりやすく『この子に一目惚れした！』って顔してたから、優衣ちゃんが逃げないように協力してあげたの」

私を見た時の和彦さんと同じ顔だったのよねぇと笑う小春に、さすがの一馬も気まずげな顔をしている。

「佳子さんのこともあるから少し心配はしていたけど、優衣ちゃんは私よりずっと大きな霊力がある。だからこの二人なら、大丈夫かもって思っていたの」

思った通りでしょと微笑む小春に、優衣は何も言えない。

文句を言いたい気持ちもあるが、彼女の機転のおかげで優衣と一馬は守人としての関係をスタートさせた。

臆病な優衣は小春の後押しがなければ一馬との絆を早々に切っていただろう。

「でもおばあちゃんも、あんまり隠し事はしないでよ。今回みたいに危険な目に遭って欲しくないし」

「もうしないわよ。それに二人の甘い時間をこれ以上壊したりはしないわ」

言葉に反して上品に笑うと、小春は優雅に手を振り部屋を出て行く。

その手首に自分たちの物とよく似た組紐が巻かれているのに気づいて優衣ははっとしたが、和彦もすぐに出て行ってしまったため、確認することは叶わなかった。

「俺たちのためと言いつつ、ちゃっかり利用された気がするのは何でだろうな……」

一馬も組紐に気づいていたのか、なんとも複雑そうな顔で腕を組んでいる。

「おばあちゃん、昔っからああなんですよね。周りを掌で転がすのが妙に上手いというか」

「じいさん、小春さんの尻に敷かれそうだな」

「幸せならそれでいいんじゃないですか？」

なんとなくだが、和彦の手にも優衣たちのように組紐が戻っている気がする。

それに御津神家の男の一途さは健在だろうし、小春だって祖父を失ってからずっと一人だったと言うことは、初恋を未だ抱えていたに違いない。

「あの二人はすごいな。俺だったら、好きな相手と半世紀以上離れているなんて絶対に無理だ」

そう言うと、一馬が再び優衣との距離を詰める。

「私も無理かも……」

「ならもう絶対に離さない。今度はどんな邪魔が入ってもやめないからな」

優衣を見つめる目には甘い色香が漂い、それに戦くまもなく荒々しいキスをされる。

「遠慮も、しなくて良いんだろ？」

耳元で囁かれた声に頷きつつも、怪しく首筋を撫でる手つきに喜びとほんの少しの不安を覚える。

(さすがに、ちょっと煽《あお》りすぎたかもしれない……)

そんな後悔に気づいたものの、すでに後の祭りだ。

一馬の逞しい腕によって、優衣はベッドの上にゆっくりと押し倒されたのだった。

◇◇◇　　　　◇◇◇

「優衣……ッ、優衣……」

熱をおびた荒れた息を吐き出しながら、一馬が優衣を抱きよせ名を呼ぶ。

度重なる絶頂でほんの一瞬意識を失っていた優衣は、その声で再び目を開けた。

気がつけば身体は深く繋がったままで、軽く揺さぶられるだけで愉悦と愛おしさが去来する。

「あっ……、ン、一馬……さん…………」

「すまない、まだ……君を手放せそうにない……」

その声が優衣を完全に覚醒させ、彼女も逞しい身体をぎゅっと抱きしめる。

汗で濡れた肌を重ね、二人はベッドの上で激しくお互いを求め合っていた。

最初のキスから、もう何時間たったかわからない。

気がつけば窓の外は暗くなっているが、部屋の明かりをつける余裕さえ二人にはなかった。

窓から差し込む月明かりの中で、優衣は一馬に抱き上げられ膝に乗せられている。

その間も、二人のつながりがほどかれることはない。ずいぶん前に深くお互いを繋げてから、優衣の中から一馬が出るのは避妊具をつけ直す時だけだ。

「ああッ、奥……深い……ッ――！」

下から突かれたことは前にもあったが、今日はいつもより鮮明に一馬の物を感じてしまう。

もうすでに何度も達したせいで身体は疲れ、感度も落ちているはずなのに、まだこんなにも強い愉悦があるのかと少し怖くなるくらいだった。

「優衣の顔、すごく可愛い……。イく度に、どんどん可愛くて綺麗になるな」

乱れた呼吸を整えつつ、一馬が耳元で甘く囁く。

可愛いどころか、乱れきった今の優衣はきっと酷い有様に違いない。唇は長いキスで腫れ、身体は汗で濡れ、髪だって乱れているはずだ。なのにそんな彼女を見て、一馬は心の底から幸せそうに笑っている。

そしてその顔は、どこまでも凜々しく美しい。月明かりに浮かび上がる彼の身体は美しく鍛え上げられ、肌を濡らす汗さえも輝いて見えた。

どこまでも完璧な容姿を目の当たりにすると、優衣は彼に褒められることにうれしさと気恥ずかしさを感じてしまう。

「……一馬さん……、恋で……盲目になるタイプです……？」

「いや、今初めてちゃんと世界が見えている気がする」

「絶対……嘘……」

「嘘なものか。君は綺麗で、可愛くて……だからもっと乱したくなる」

言うなり腰を突き上げられ、優衣の口から嬌声が漏れた。

その声も、もう嗄れかけている。散々一馬に啼かされ、もう軽く五回は達した後なのだ。

途中休憩は挟んだが、その間もずっと繋がっていたため、甘い責め苦に優衣は悲鳴を上げ続けていた。

これは確実に、明日は別の意味でベッドを出られない。

そんな予感を覚えつつ、連休中で良かったと優衣は思う。

「さすがに、もう辛いか？」

途切れ途切れの喘ぎ越えに、一馬が僅かに腰つきを弱める。

「……辛いっていったら……やめてもらえ、ます……？」

「本当に辛いなら……、手加減はする……」

と言いつつものすごく不本意そうな一馬に、優衣は思わず笑ってしまう。

「……あと一回なら、大丈夫ですよ」

それにまだ、優衣も一馬と離れたくはない。

身体は限界に近づいていたけれど、彼と繋がれる喜びにまだ浸っていたかった。

「じゃあ、今日はこれで我慢する」

「今日は……？」

「連休はまだ続くからな。俺はともかく、君は週明けまで休みだろう……？」

不敵な笑みに思わず呆れた瞬間、一馬が優衣の唇を荒々しく奪った。

瞬く間に舌で歯をこじ開けられ、上顎を怪しく撫でられる。

ゾクゾクとした快感が溢れて小さく唸ると、今度は優衣の舌に妖しく絡みついてくる。

「優衣も、舌を出して……」

キスの合間に懇願され、おずおずと舌を出す。口蓋で舌を絡め合い、唾液を絡ませながらお互いを求め合っていると、頭の芯が甘く蕩け出す。

「可愛いよ、優衣……」

お互いの口内を行き来しながら、二人は夢中になってお互いを貪り合う。

キスを重ねるたびに愛おしさと熱情がこみ上げ、肌が粟立ち、甘い愉悦が全身を駆け抜ける。

「優衣……好きだ……」

口づけの合間に告白を挟みながら、一馬は優衣をより深く求めようと舌を絡める。

それに答えながら、優衣はより強く一馬を抱きしめた。

「……あっ……私も、好き……ンッ……す、き……」

お互いの気持ちを重ね合わせながら、一馬が再び腰つきを強める。

下からの突き上げに揺さぶられると、理性は揺らぎ優衣の身体から汗が噴き出す。

激しい快楽に全身を焼かれ、気がつけば優衣の方も激しく腰を動かしていた。

優衣の中に収まる屹立《きつりつ》は欲望によって膨れ上がり、膣をゴリゴリと容赦なく抉る。

「あ……大きい、すごい……」

感じる場所を激しく責め立てられ、溢れ出る蜜を淫らに掻き出される。じゅぶり、ぐちゅりと妖しい水音が聞こえるたび、自分はこの男に愛され犯されているのだという淫らな実感が優衣を高揚させた。

彼の物をしごくように腰を揺らし、優衣は自らキスを重ね、無意識に一馬を上り詰めさせる。

「優衣……もう、達きそうだ……ッ」

切迫した声に、優衣が感じたのは深い悦びだ。一馬が自分の中で果てようとしていることが何よりも嬉しくて、幸せだった。

そして優衣も一馬に貫かれながら絶頂の縁へと追い立てられていく。

「あ、私も……イク……イッちゃう……」

「なら、一緒に……」

二人は互いの身体にきつく腕を回し、欲望を隠しもせずより激しく求め合った。

「くッ……優衣……！」

「あああっ………ッ一馬……さんッ‼」

ほんの僅かだが、先に達したのは一馬だった。続いて優衣もまた法悦の中に突き落とされる。

肉壁を埋める屹立が熱を放ち、優衣はそれをぎゅっと抱きしめる。

一馬の存在を感じながら、最後の力を振り絞ってそっと彼の唇を奪った。

「好き……大好き……」

「ああ、俺も優衣が好きだ……」

お互いを繋げたまま、二人は今日だけで何度愛の言葉を交わしただろう。

(でもまだ足りない……もっと好きって言いたい……)

そう思うのに、さすがに身体の方は限界だった。

薄れていく意識の中、一馬がそっと優衣の頭を撫でてくれる。

「愛してるよ、優衣。もう二度と君を手放さない」

キスと共に落とされた約束に、そっと微笑みを返す。

そして優衣は、いつになく穏やかな気持ちで眠りへと落ちていった。

終章

「退社時間まで澄み切った空気の中で仕事できるって、本当に幸せだよね！」

そんなことを叫びながら真新しいオフィスを闊歩《かつぽ》している荻野を、優衣はゆかりと共に笑っていた。

荻野だけでなく、多くの開発スタッフが彼に賛同し、幸せそうな顔で真新しいデスクを撫でたり頬ずりしたりしている。

それは優衣も同じで、すがすがしい気持ちに大きく息を吸い込んだ。

「これで公開キスとも卒業できるし、幸せだなぁ」

「とかいって、なくなったらそれはそれで寂しいんじゃないの？　ほぼ一年、職場で朝も昼も夕方もキスしてたんだし」

ゆかりの言葉に、優衣は顔を赤らめながらブンブンと首を横に振った。

「いや、心の底から清々してます！」

優衣がこの会社に入って、来週でもう一年になる。

佳子の一件を無事解決した後、正式にゼディアゲームズの社員になった優衣は、毎日あのオフィスで除霊をさせられていた。

霊力のコントロールが上手くなったとは言え、それを使うにはやっぱり一馬のキスが必要で、その後一年彼女はことあるごとに一馬に唇を奪われてきた。

恋人同士になったとはいえ、恥ずかしがり屋の優衣にとって公開キスが苦行であることに変わりない。

（でも、それも今日で終わり！　幽霊がとにかく出にくいって基準で選んだ職場だし、おばあちゃんにも念のためお祓いまでしてもらったんだもの！　さすがにキスは卒業のはず！）

一人感動していると、隣でゆかりがおかしそうに笑った。

「仕事には慣れたのにキスには慣れないっていうのが、優衣ちゃんらしいなぁ」

そう言ってからかうように笑うゆかりを見て、優衣は慌てて手元の書類を持ち上げた。

「そ、そうだ！　サブクエストのテキスト書き終わったんで、明日チェックしてもらってもいいですか！」

話題の変え方は無理矢理だったが、ゆかりはそこでぱっと顔を明るくする。

「仕事が速くて助かる！　仕事も優秀だし、優衣ちゃんが来てくれて本当に良かった！」

かつては世辞だと思っていたゆかりの言葉も、最近は照れながらも受け入れられるようになっている。

ほっと息を吐きつつ、優衣は小さく笑った。

「足を引っ張ってないならよかったです。除霊の仕事がなくなったことで、戦力外通告されたらどうしようってちょっと思ってたので」

「ないない！　もう私、優衣ちゃんがいないと生きていけないんだから！」

そう言ってゆかりにがしっと抱きしめられ、優衣は胸が温かくなる。

前の職場では幽霊のことを隠すので精一杯で、ここまで仲の良い同僚はできなかった。でもここでは、優衣の体質を含めて、周りが自分を認めてくれている。

（おばあちゃんの店でくすぶっていた頃の自分が今の私を見たら、驚くだろうな）

そんなことを考えていると、不意に誰かが優衣の肩をつかむ。

「就業時間は終わったんだから、そろそろ優衣を返してもらえるか？」

どこか不機嫌そうな声は一馬のもので、優衣はぎょっとする。

だが彼の方を振り返り、優衣は更に息を呑んだ。

「あ、あの……、今日もいっぱい懐かれてますね……」

いつの間にか背後に立っていた一馬には、初めて出会った時のように大量の小動物が纏わり付いている。

「それ、どこで憑けてきたんですか。今日は社内にずっといたんですよね……」

「いつの間にか増えていた。この会社は空気が綺麗だと言っていたのに、嘘じゃないか」

「それを凌駕《りょうが》するほど、引き寄せやすいんでしょうね……」

一馬が幽霊に取り憑かれやすいのは佳子の怨念か、もしくはあのビルのせいだと思っていた。

しかしどうやら、元々彼は動物霊に好かれやすい体質だったらしい。

「そこまで理解しているなら、自分がすべきこともわかっているだろう？」

言いながら距離を詰められ、優衣は慌てて立ち上がる。

まさかと思って逃げだそうとするが、腰をつかまれ抱き寄せられる。

そのまま唇を奪われると、荻野とゆかりを筆頭に囃《はや》すような歓声が響く。

「やっぱり、これを見ないと退社時間が来た気がしないよね～」

なんて笑っているのは荻野だろう。

そんな声で調子に乗ったのか、今日のキスはいつもより少し長くて深かった。

「ありがとう、おかげで身体がすっかり軽くなったよ」

「ふ、不意打ちはやめてっていつも言ってるじゃないですか……！」

唇を放し、いけしゃあしゃあと言う一馬の胸を優衣は軽く叩く。

「仕方ないだろう。君は不意打ちでする時が一番可愛いんだから」

「だとしてもせめて、家ですれば良いのに」

「安心しろ、家でもいっぱいしてやる」

耳元に唇をよせ、優衣にだけ聞こえる声で囁かれる。

真っ赤になっているとチュッと耳元にキスを落とし、一馬は優衣の手を取った。

「仕事が終わったなら帰るぞ。せっかくの週末だ、デートに行こう」

「い、いいですけど、そういう誘いも人前でしないでくださいよ」

「しておかないと、大森あたりが飲みに誘うだろう」

「一馬さん、嫉妬の範囲広すぎません？」

「普通だろ」

優衣の荷物を勝手にまとめ、一馬は鞄を持ち上げる。

優衣はゆかりたちに「おつかれさま」と声をかけてから、開発室を出て行ってしまった恋人に続いた。

もうすでにエレベーターに乗り込んでいるのを見て駆け込むと、楽しげな笑い声が響く。

「一馬さん、私が恥ずかしがるのを見て楽しんでますよね」

「仕方ないだろ。赤くなる君は可愛いから、つい見たくなるんだ」

「もうっ！」

「それに、こういうこともしたくなる」

エレベーターの扉が閉まると同時に、一馬が優衣の身体を壁まで追い詰め、より深く唇を重ねてきた。

驚きつつも、それを自然と受け入れてしまうくらいには、彼からのスキンシップに慣れてしまっている。

「人前じゃないなら、いいだろ？」

甘い声で囁かれると、優衣はもう降参するほかない。

「人が乗ってきたら、やめますからね」

「当たり前だ。こんな可愛い顔は人に見せられない」

更に三度ほどキスを重ね、一馬はふっと笑みを浮かべる。

その顔があまりに幸せそうだったので、優衣の方からもそっと唇を重ねてしまった。

恥ずかしい目に遭わされることも多いけれど、結局優衣もこの自分勝手な恋人が好きでたまらないのだ。

「それで、今夜のデートはどこに行きたい？」

「幽霊が出ない所がいいです」

そんな冗談を返せば、一馬が不満げに眉を寄せる。

「出た方がキスできるだろ」

「出なくてもキスするのは誰ですか？」

「誰だろうな」

素知らぬ顔でとぼける一馬を小突き、優衣は彼の手をぎゅっと握った。

「じゃあ前に一緒に行った、一馬さんのお友達がやってるイタリアンのレストランはどうですか？　あそこ、色々な意味で雰囲気良かったですし」

「あそこは駄目だ、来月特別な食事に使うからな」

「特別？」

「そう、特別な食事」

そういって、一馬が不意に優衣の左手の薬指を意味深に撫でる。

「あの、まさか……」

「君は不意打ちに弱いからな。真っ赤になって取り乱さないように、心の準備をさせてやる」

「そ、それがもう不意打ちです！　まさか、こんなところで……あの……！」

「ああ、思った通り可愛い反応だな。この顔は、ずっと見ていられる」

言うなり、一馬は優衣の顔をじっと覗き込んでくる。

どうやら優衣は、いつまで経っても一馬に振り回される運命らしい。

それを悔しく思いつつも、ぎゅっと握られた薬指に指輪でもはめられたら、きっと自分はこの運命を喜んで受け入れてしまう。

そんな予感を覚えながら、優衣は幸せなため息をそっとこぼしたのだった。

あとがき

ガブリエラブックスでは、初めましてになります。

残念なイケメンとマッチョ、そしてホラーをこよなく愛する作家、八巻にのはと申します。

他のジャンルではオカルト要素のある作品をいくつか書いていたのですが、まさかティーンズラブのジャンルで書けるとは思わず、お話を頂いたときはとても嬉しかったです。

とはいえ主軸は恋愛、それもコメディ要素モリモリなので、怖さはかなり抑えめです。

ただ、自分は映画やゲームで日常的にホラーを摂取している為、「怖くない」レベルがどこかわからず、セーブするのはかなり大変でした。（友人から「あんまり怖くないホラー映画を教えて」と言われて、『悪魔のいけにえ』を胸を張っておすすめしたら激怒された過去があります）

ただ編集さんからもＯＫが出ていますし、一応甘いシーンもてんこ盛りにしたつもりなので、きっと大丈夫……なはず！

なので怖いのが苦手な方にも、手に取っていただけたら嬉しいです。

あと作者がゲーマー故、ネトゲの要素もちょこちょこ入っているので、そうした物が好きな方にも楽しんで頂けたらなぁと思っております。（十代から遊び続けたネトゲの経験が、ついに役立つ時が来ました！）

そして今回、イラストを白崎小夜先生に描いて頂くことが出来ました。以前別の書籍でご一緒したときはファンタジー物でしたが、今回は現代物！　こちらも、とっても素晴らしかったです！

主人公二人を素敵に描いて下さり、本当にありがとうございます！

またこの本の執筆にあたり、協力して下さった編集さまはもちろん、関わって頂いたすべての方にもお礼申し上げます。

最後に、この本を手に取って下さった方にも改めて感謝を。

この作品が、少しでも楽しい時間を提供できていたら嬉しいです。

それではまた、この場でお目にかかれる日を願っております。

八巻にのは

ガブリエラブックスをお買い上げいただきありがとうございます。
八巻にのは先生・白崎小夜先生へのファンレターはこちらへお送りください。

〒110-0016　東京都台東区台東4-27-5（株）メディアソフト
ガブリエラブックス編集部気付　八巻にのは先生／白崎小夜先生 宛

gabriella books

MGB-042

その悪霊、キスでお祓い致します！
イケメン社長は運命の恋人を逃さない

2021年10月15日　第1刷発行

著　者　八巻《はちまき》にのは
装　画　白崎小夜《しろさきさや》
発行人　日向晶
発　行　株式会社メディアソフト
〒110-0016
東京都台東区台東4-27-5
TEL：03-5688-7559　FAX：03-5688-3512
http://www.media-soft.biz/
発　売　株式会社三交社
〒110-0016
東京都台東区台東4-20-9 大仙柴田ビル2階
TEL：03-5826-4424　FAX：03-5826-4425
http://www.sanko-sha.com/
印　刷　中央精版印刷株式会社
フォーマットデザイン　小石川ふに（deconeco）
装　丁　小菅ひとみ（CoCo.Design）

ISBN 978-4-8155-4065-4